国家出版基金项目
NATIONAL PUBLICATION FOUNDATION

华北抗日根据地及解放区文艺大系

陈 晋　郑恩兵　主编

《晋察冀日报》
文艺文献全编

散文报告文学
第三卷

关小彬　编

河北出版传媒集团
河北教育出版社

图书在版编目（CIP）数据

《晋察冀日报》文艺文献全编．散文报告文学．第三卷 / 关小彬编．—— 石家庄：河北教育出版社，2023.12
（华北抗日根据地及解放区文艺大系 / 陈晋，郑恩兵主编）
ISBN 978-7-5545-7635-9

Ⅰ．①晋… Ⅱ．①关… Ⅲ．①文艺－作品综合集－世界－现代②散文集－中国－现代③报告文学－作品集－中国－现代 Ⅳ．① I11 ② I266 ③ I25

中国国家版本馆 CIP 数据核字(2023)第 064006 号

书　　名	《晋察冀日报》文艺文献全编·散文报告文学·第三卷 JINCHAJI RIBAO WENYI WENXIAN QUANBIAN SANWEN BAOGAO WENXUE DI-SAN JUAN	
编　　者	关小彬	
责任编辑	王　磊	
装帧设计	郝　旭	
出　　版	河北出版传媒集团 河北教育出版社　http://www.hbep.com （石家庄市联盟路705号，050061）	
印　　制	石家庄众旺彩印有限公司	
开　　本	787毫米×1092毫米　1/16	
印　　张	14.5	
字　　数	195千字	
版　　次	2023年12月第1版	
印　　次	2023年12月第1次印刷	
书　　号	ISBN 978-7-5545-7635-9	
定　　价	88.00元	

版权所有，侵权必究

丛书编委会

顾　问
陈平原　刘跃进　王长华　李　扬

编委会主任
吕新斌

编委会副主任
彭建强　孟庆凯　刘　月

主　编
陈　晋　郑恩兵

副主编
董素山　向　回　汪雅瑛

编　委（按姓氏笔画排序）
马春香　王少军　田浩军　包来军　吉　喆　刘书芳　刘贵廷
关小彬　杨　程　杨春生　宋少净　张　辉　张川平　赵　华
高露洋　郭义强　阎晓宏　梁晓晓

编纂说明

在中国共产党百年发展历程中，文艺始终是党领导人民开展进步事业的有机组成部分，是党在各个历史时期的中心工作的实时反映和重要推动力量。"华北抗日根据地及解放区文艺大系"，是一部全面展示抗日战争和解放战争时期华北地区党的历史创造、奋斗风采和形象建构的大型革命历史文艺文献丛书，对于深入研究华北地区革命文艺史、红色新闻史，弘扬伟大建党精神、梳理中国共产党人精神谱系，是必不可少的第一手资料，是我们在新时代坚定树立文化自信的重要思想资源。

一、编纂缘起

抗日战争及解放战争时期，华北地处各方政治与文化力量激烈博弈的前沿，这种特殊政治、军事、文化、地理环境中产生的革命文艺，具有鲜明的地域性特征，是五四新文化运动以来的革命文艺发展史上的突出标识。

但一直以来，由于史料文献整理不足，对华北抗日根据地及解放区文艺的研究，始终未能深入，其独特的地域性实践价值和蕴含的文化创新意义被严重遮蔽。这些史料文献主要以党报党刊的形式呈现，梳理汇编这些党报党刊中的革命文艺史料，借之以探索华北革命文艺的发展路径、发展方向、创造机制和创新经验，是深入贯彻习近平总书记关于"把红色资源利用好、把红色传统发扬好、把红色基因传承好"，"用好红色资源、赓续红色血脉"等系列重要讲话精神的有力举措，也是新时代文艺研究者不可推卸的责任。

2017年6月左右，我们去中国社科院文学所拜访时任所长刘跃进先生，协商合作研究事宜，寻求中国社科院文学所的帮助。请教过程中，刘先生建议我们结合地方特色，做好地方红色文艺文献的搜集整理与编纂出版工作。经过一段时间筹备，2017年底，我们以"河北红色经典系列丛书"为名，正式申报"2018年度河北省省级宣传文化发展专项资金"项目并成功立项，旨在通过选定刊行河北红色经典作品、梳理汇编河北红色经典研究资料、系统阐述河北红色经典发展历史等基础性工作，打造一个集大成式的河北红色经典文献资料库。

项目最初设计共二十四卷，包括六大板块：《河北红色经典史》一卷、《河北红色文艺作品选》六卷、《河北红色经典作家作品索引》三卷、《河北红色经典研究资料汇编》四卷、《〈晋察冀日报〉副刊文学作品全编》六卷、《晋冀鲁豫抗日根据地文艺作品及〈新华日报〉太行版文艺作品汇编》四卷。但在项目实施过程中，我们充分吸收专家意见，认为网络时代和大数据背景下的科研活动有了很大变化，《河北红色经典作家作品索引》与《河北红色经典研究资料汇编》的编纂工作，在当前学术生态中价值不大，并予以取消。同时，在项目实施过程中我们发现，《晋察冀日报》《人民日报》等党报除刊发大量文艺作品外，还有大量记录边区文艺工作者行迹，反映边区戏剧、音乐、文学、美术、舞蹈、曲艺活动与报刊书籍出版发行等各方面情况的文艺史料,以及体现我党文艺方向、方针变化的政策文件与重要领导讲话,是华北地域党和人民对敌作战的重要宣传武器,更是飘扬在华北地区军民心中一面旗帜。这些史料是华北地域革命文艺发生、发展与壮大的真实记录,对我们正确认识革命文艺的特点与历史地位有重要的决定性作用。

为此,我们精心整理了《〈晋察冀日报〉文艺文献全编》《晋冀鲁豫〈人民日报〉文艺文献全编》《〈晋察冀画报〉文艺文献全编》《晋察冀日报社人物志》(共五十一卷),同时收入全国抗战时期和解放战争时期与河北地域相关且被广大群众所喜爱并广泛传唱的红色文艺作品,结集为《河北红色文艺作品选》(共六卷),至此形成丛书目前的五大板块,而且将名称由"河北红色经典系列丛书"改为"华北抗日根据地及解放区文艺大系",方便以后在此基础上做进一步拓展。

二、地域范围及文艺特质

华北抗日根据地包括当时山东、河北、山西、察哈尔、绥远、热河全部及豫北、苏北、皖北部分地区,分晋绥、晋察冀、晋冀豫、冀鲁豫、山东五大块。1941年,冀鲁豫合并到晋冀豫,称晋冀鲁豫。其中晋察冀抗日根据地作为开辟最早、地域最大、人口最众的模范抗日根据地,是华北抗日根据地的坚强堡垒,牵制和抗击了三分之一以上的华北日军和二分之一的伪军。

在河北及其邻省周边地区开辟与创建华北抗日根据地,是红军长征到达陕北之后党中央迅速做出的重大战略决策。这些根据地地处对日武装斗争最前线,不仅打开了抗战的新局面,成为华北敌后抗战的主战场，而且进行了新民主主义社会的实践探索，对解放战争的历史进程产生了巨大影响，成为我党开辟东北解放区的前进基地和逐鹿中原的战略后方。随着抗日根据地的开辟，延安文艺工作团、西北战地服务团、东北促进纵队干部队、八路军总政治部前线记者团等大批文艺工作者，随同党政干部一道陆续抵达华北，东北、平津的青年学生也纷纷冒着生命危险来到边区。他们一手拿枪，一手拿笔，深入农村与抗战前线，切身体会工农兵的生活，深刻了解工农兵的需求，从而根本上克服了艺术至上主义思想倾向。所以，华北抗日根据地及解放区文艺，既响应了伟大的民族抗战对文学艺术提出的时代要求，亦充分兼顾到广大人民群众的接受习惯和欣赏水平，真实地反映了华北人民火热的战斗与生产生活。很多作者本身就是农民、战士或基层工作者，他们把自己的经历和熟悉的人和事，通过小说、戏剧、诗歌、报告文学、歌曲、绘画、舞蹈等文艺样式记录下来，语言通俗平实，富有生活气息。由于产生于特定时代、特定区域而又适应特定需要，故而无论是题材、语言还是风格，在体现革命大众文艺共性的同时，又具有强烈的华北地域特性。

华北抗日根据地及解放区文艺的繁荣发展，是专业文艺工作者与工农兵群众共同创造的结果。人民群众不仅是革命文艺运动的主导主体、推进主体、受益主体，还是一切成败得失的评判主体。华北抗日根据地及解放区文艺，归根结底，是"以人民为中心"的文艺。

三、学术价值

今天的河北在抗日战争、解放战争时期是晋察冀、晋冀鲁豫两大根据地的中心区域，有着悠久的革命历史传统和丰厚的红色文化底蕴。据不完全统计，抗日战争和解放战争期间，仅晋察冀边区专区以上就办有报刊四百余种，编印图书五百余万册。如果将这种统计扩大到环绕河北的整个华北抗日根据地及解放区，时间扩展至从中国共产党成立到中华人民共和国成立，数据更为可观。这些红色图书、报刊的出版发行，团结了一大批来自全国各地的著名革命文艺家和专业文艺工作者，其中有大量文艺相关信息，是研究近现代中国革命文艺的重要史料。但因受当时物质条件及复杂局势影响，它们传播范围有限，保存困难，如今已普遍出现老化或损毁现象，面临着消失、断层的危险。

长期以来，由于对抢救、整理和利用红色文艺文献的意义认识不足，现行的科研评价、出版机制亦难以有效刺激科研工作者积极从事老旧报刊等红色文艺文献的系统整理，大量有待整理的红色文艺文献尚未进入学界的视野。特别是华北抗日根据地及解放区的文艺文献，有很多甚至还是学术盲区。如《冀中导报》《救国报》《边政导报》《冀南日报》《团结报》《前进报》《新察哈尔报》《冀热察导报》等各类党报，以及《冀热辽画报》《冀中画报》《北方文化》《五十年代》《新长城》《新群众》《诗建设》《诗战线》等期刊，虽有部分学者对其办报（刊）历程、思想以及传播等方面予以研究，但均无系统的文艺文献整理本。"华北抗日根据地及解放区文艺大系"整理的《晋察冀日报》、晋冀鲁豫《人民日报》、《晋察冀画报》，是当时华北抗日根据地及解放区党报党刊的典型代表，是党的理论和实践同文艺结合的主要媒介和载体，是华北革命文艺重要的传播平台。这些报刊，既客观记录了华北革命文艺的传播与发展，也完整展现了华北革命文艺的特殊使命与风格特征，具有极其重要的史料价值。在此基础上，我们还会将视角延伸到《晋绥日报》《新华日报·太行版》《新华日报·太岳版》等党报，不断地充实这套大型文献史料丛书，以此来系统建构华北抗日根据地及解放区的"文艺史料学"。

四、丛书特色

这套丛书的编纂，主要以抗日战争及解放战争期间华北境内各根据地、解放区出版、发行、制作之图书、期刊、报纸等红色文献中的文艺资料为内容。编纂特色主要包括：

（一）抢救珍贵历史文献，弘扬伟大建党精神。

华北抗日根据地及解放区的红色文献发行于条件艰苦的战争年代，数量少，印制质量粗糙，历经岁月的洗礼，留存下来的品相完好者已经很少，有些到今天已成孤本。这些文献作为特定历史时期和区域的产物，见证了中国共产党领导华北人民争取民族独立和人民解放的伟大历程，反映了华北近代社会的巨大变化，蕴含着珍贵的史料价值和鉴往知来的现实意义，是中国共产党领导的文艺事业、新闻出版事业与意识形态建设发展的历史见证。它们诠释了党的初心和使命，蕴含着坚定的理想信念与崇高的革命精神，到今天仍然具有强大的感染力与说服力，是陶冶情操、磨炼意志，走好新时代长征路的有效精神资源。抢救性搜集、整理与研究这些珍贵历史文献，有利于增强党政干部政治信仰，弘扬伟大建党精神和践行社会主义核心价值观。

（二）文艺与党史密切融合，拓展革命文艺与党史研究的新视野。

革命文艺作品的创作、发表和传播，和党的历史任务和奋斗实践是分不开的。在艰苦卓绝的革命岁月，奋斗前行的中国共产党始终强调，既要拿"枪杆子"，也要拿"笔杆子"。革命的文艺工作者，一手拿枪，一手拿笔，深入农村与抗战前线，以人民大众易于接受和欣赏的形式，宣传党的政策，推行党的方针，为中国共产党顺利完成不同历史阶段的中心任务和伟大使命发挥了独特而重要的作用。本套丛书收入的文献史料，主要是抗日战争与解放战争时期党报党刊中的文艺作品与文艺史料，它们鲜明生动地体现了党的历史，党领导人民争取民族独立、人民解放的奋斗历程和精神面貌，从而为学界从文艺角度研究党史和从党史角度研究文艺提供了有力支撑。

（三）作品汇编与史料梳理并行，还原革命文艺的历史场域。

"华北抗日根据地及解放区文艺大系"的编纂，全面辑录华北抗日根据地及解放区党报党刊上刊登的诗歌、小说、戏剧、报告文学、散文、歌曲、版画等文艺作品，并系统梳理当时文艺发生、发展、传播以及社会各界文艺活动的各类消息和报导，同时选编了大量的河北红色文艺作品作为补充。这种文艺史料与文艺作品的配合整理，还原了革命文艺的历史场域，有利于构建对革命文艺的科学认识。

五、丛书内容

（一）《〈晋察冀日报〉文艺文献全编》共三十八卷：

诗歌三卷

戏剧一卷

小说二卷

文艺评论三卷

文艺史料九卷

外国文艺二卷

散文报告文学十七卷

歌曲版画一卷

（二）《晋冀鲁豫〈人民日报〉文艺文献全编》共十一卷：

诗歌一卷

戏剧、小说、文艺评论一卷

散文报告文学五卷

文艺史料四卷

（三）《〈晋察冀画报〉文艺文献全编》一卷

（四）《晋察冀日报社人物志》一卷

（五）《河北红色文艺作品选》共六卷：

诗歌一卷

戏剧一卷

散文一卷

小说三卷

六、编纂体例

（一）整套丛书题材丰富、门类众多，在体裁上不做强行统一。

（二）丛书中所录作品均为当年报刊发表的原文。为确保丛书的文献性、学术性、专业性和资料性，丛书编辑加工的总原则为保持文献原貌，内容上不做改动。

（三）文字的使用

1. 丛书中文字的使用以2013年教育部、国家语言文字工作委员会公布的《通用规范汉字表》为准。

2. 丛书中的古体字、通假字、俗体字，以及所涉及姓名字号、职官地理等专用字，均予保留。

3. 丛书原文字迹模糊残损，但仍可辨认或可依上下文校正，以字外加方框"囗"表示；原文缺字或无法辨识，且无法校补，每字以一个方框"囗"表示；如无法统计所缺字数，则以"☒"表示。

4. 丛书中数字的使用，保持原貌。

（四）标点符号及其他符号的使用

1. 丛书在不改变原文意义的情况下，将旧式标点改作现行标点符号。

2. 丛书原文中出现代表文字的符号，如"×""△""○""▲"等，保持原貌。

3. 丛书原文中的着重号、专名号等不再保留。

（五）其他

1. 丛书原文中的注释，保持原貌；编者亦出部分注释，供读者参考。

2. 因为原始文献本身产生于战争年代，保存不易，漫漶不清处较多，丛书疏误之处在所难免，希望专家读者批评指正。

七、鸣谢

本套丛书得以顺利面世，要特别感谢中共河北省委宣传部、河北省社会科学院、河北教育出版社的资金支持，以及北京大学陈平原教授、中国社科院文学所刘跃进研究员、南开大学文学院李扬教授、河北师范大学文学院王长华教授等，为丛书编纂提供了多方面的学术支撑；晋察冀日报社老报人及报史研究会诸位老师，中国社科院文学所现代室、中国丁玲研究会、中国现代文学馆各位专家，也在丛书编纂过程中提出了许多建设性意见；院内外的数十位年轻科研工作者，在原文录入和校对方面付出了艰辛劳动，确保了项目的顺利进行。在此一并致谢。

把艺术交给大众（代序）
——祝贺"华北抗日根据地及解放区文艺大系"结集问世

中国社会科学院　刘跃进

由河北省社会科学院文学研究所编纂、河北教育出版社出版的"华北抗日根据地及解放区文艺大系"结集问世，值得庆贺。

文艺是时代前进的号角。1937年7月7日，卢沟桥事变爆发，全面抗战由此而起。广大的爱国知识分子和青年学生，表现出同仇敌忾的民族气节，走出书斋，走出校园，用知识，用智慧，用不屈的精神力量唤醒民众，用实际行动担负起抗日救亡的历史重任。在此后的岁月里，延安文艺和华北抗日根据地及解放区文艺，是中国共产党领导下的两大主体，双峰并峙，展示着那个时代的风貌，引领了那个时代的风气。

随着抗日根据地的开辟，延安文艺工作团、西北战地服务团、东北促进纵队干部队、八路军总政治部前线记者团等大批文艺工作者，随同党政干部一道陆续抵达华北，东北、平津的青年学生也纷纷冒着生命危险来到边区。他们一方面积极创作大量街头剧、活报剧、街头诗、墙头小说、木刻版画、歌曲、舞蹈等革命文艺，开展抗日救亡宣传运动；一方面也通过开办文艺干训班，开展各行业、各阶层甚至全民的文艺创作与评选活动，吸引工农兵群众加入文艺队伍，掀起了"晋察冀一周""冀中一日"等具有深化性质的群众写作运动，以及"创造模范村剧团""穷人乐"等群众戏剧运动，为晋察冀文艺史添上了浓墨重彩的一笔。

说到这里，我想起2009年参加《北平学生移动剧团团体日记》捐赠仪式的一段往事。从1937年到1938年，在中国抗战史上唯一以大学生组成的"北平学生移动剧团"在长达一年半的时间里，历尽艰难，转辗于国民党第五战区的各个战场，演出话剧，创办报纸，宣传抗日，鼓舞斗志，谱写出响彻云霄的时代赞歌。移动剧团的成员每人一周轮流记述，用日记形式记录了那段不平凡的岁月，《北平学生移动剧团团体日记》就是这部历史的记录。它不是写给个人看的私密记录，也不是为将来面世扬名。作者完全出于一种历史责任，真实客观地记录了那段鲜为人知的历史，体现出强烈的史家意识。日记封面上有这样一段题记，"北平学生移动剧团·愿我永恒·中华民国二十七年二月二十三日始·璧华"。孤立地看这部日记，也许没有什么轰轰烈烈的战斗业绩，也没有什么感人肺腑的情感纠结。客观、平实是它的本色，正是这种本色，为那个历史年代留下一段真实。"北平学生移动剧团"的抗日活动，是文艺工作者投身抗日洪流中的一个历史缩影。

随着抗战的胜利，察哈尔省会张家口解放，晋察冀文协、晋察冀剧协、晋察冀音协、晋察冀美协、晋察冀通讯社、晋察冀边区剧社、晋察冀日报社、晋察冀画报社等文化团体随中共晋察冀中央局和军区领导先后开赴华北根据地，一大批文艺工作者也随之来到华北，开展丰富多彩的文艺活动。他们坚持毛泽东《在延安文艺座谈会上的讲话》中指出的方向，一手拿枪，一手拿笔，深入农村与抗战前线，既为切身体会工农兵的生活，也为深刻了解工农兵的需求，从而在根本上克服了自身相当普遍和严重的艺术至上主义思想倾向，为工农兵而创作，为工农兵所利用，以人民大众易于接受和欣赏的形式，普遍写人民大众的生产战斗故事。譬如左翼作家邵子南，于1938年10月随西战团到晋察冀，主持战地社日常工作，主编《诗建设》；1943年整风运动后，他到阜平任小学教员，在反"扫荡"中与群众、民兵一起转移、战斗，还直接在五丈湾跟随李勇的游击组对日寇展开地雷战；1944年5月随团回延安，在鲁艺任教，后调陕甘宁文协搞专业创作，开始大量创作反映晋察冀边区生活的小说。他以亲身体验为基础创作的短篇小说《李勇大摆地雷阵》（后改为《地雷阵》），运用阜平农民群众的语言，以口语化方式讲述了爆炸英雄李勇的抗日故事，明显吸取了民间说唱文学的优点，特别是在白话叙述中还插入不少快板式的韵白，更适合群众的喜好，因而在当时广为流传，家喻户晓，起到了很大的宣传鼓动作用。其他作品，如《荷花淀》《太阳照在桑干河上》《漳河水》《赶车传》《王九诉苦》《孟祥英翻身》《新儿女英雄传》《白求恩大夫》《我的两家房东》《穷人乐》《李殿冰》《戎冠秀》《没有共产党就没有中国》《团结就是力量》《没有土地的人们》《白毛女》等，都是成功的文艺典范，在现代中国文学史上占据比较重要的位置。

在华北抗日根据地及解放区的文艺创作成果中，还有数以万计的文艺作品和极具研究价值的文艺史料刊发在根据地及解放区所办的报刊上。很多作者，本身就是农民、战士或基层工作者。他们把自己的经历和熟悉的人和事，通过小说、戏剧、诗歌、报告文学、歌曲、绘画、舞蹈等文艺样式记录下来，语言通俗，富有生活气息。人民既是历史的创造者，也是历史的见证者；既是历史的"剧中人"，也是历史的"剧作者"。让故事中的人物自己编词、自己表演的创作方式，很好地反映出人民的心声，并让人民群众从生动活泼的艺术作品中得到教育，这确实是一个成功的尝试。

配合党的中心工作，"把艺术交给大众"，通过文艺唤醒大众，这已成为华北文艺工作者的自觉意识。他们积极响应伟大的民族抗战对文学艺术提出的时代要求，充分兼顾到广大人民群众的接受习惯和欣赏水平，创作了大量的作品，真实地反映了燕赵儿女火热的战斗与生产生活，起到了良好的宣传教育与鼓动激励效果。刘萧无编排新闻报道剧《李殿冰》，编剧与演员一起住到李殿冰家里，以便于熟悉主人公的生活，搜集真实生动的群众语言，还模仿他们的动作，理解他们的心理，甚至还让主人公李殿冰等直接参与剧本的修改和编排。描写群众的生活，邀请群众参与创作，这是当时文艺工作者走群众路线的生动体现。该剧演出后获得当地老百姓的极大赞赏，鲁中实验剧团还专门学习该剧的创作方法，创编了三幕五场话剧《过关》。艾思奇《前方文艺运动的新范例》更是誉其开创了前方文艺的新范例。抗敌剧社的《王老三减租小唱》、冀中火线剧社的话剧《我们的母亲》，也都具有这种特色。

这些文艺作品，可能略显仓促，有的甚至急就于战火中，所以在素材提炼、人物形象塑造以及语言的使用、细节的刻画等方面还有很多不足。但是，这不是一般意义上的创作，而是燕赵大地为争取民族独立、人民解放的集体记忆和行动号角，是中国革命事业的重要组成部分。华北抗日根据地及解放区的文艺，有很多这样未经沉淀的纪实作品，不管其艺术性如何，但在发动群众、组织群众、铸就抗击日寇和国民党反动派铜墙铁壁方面，发挥了无可替代的作用。20世纪五六十年代，河北地区涌现出大量的红色经典，便是华北抗日根据地及解放区文艺的传承和发展。

2017年6月，河北省社科院文学所郑恩兵所长来京与我们协商合作研究事宜。我根据所了解的信息，建议他们结合地方特色，做好地方红色文艺文献的搜集整理与编纂出版工作。"华北抗日根据地及解放区文艺大系"就是那次商讨的成果。全书由五个部分组成：第一部分为《晋察冀日报》文艺文献全编，第二部分为晋冀鲁豫《人民日报》文艺文献全编，第三部分为《晋察冀画报》文艺文献全编，第四部分为晋察冀日报社人物志，第五部分为河北红色文艺作品选。全书收录各种文体的作品六千余种，包括小说、诗歌、文艺评论、戏剧、报告文学、散文、文艺通讯、美术、书法和音乐、文艺史料，还有文艺信息、文艺广告，基本涵盖了华北抗日根据地及解放区的文艺创作情况，具有很高的研究价值。

  时值中华人民共和国成立七十五周年之际，我们有机会阅读这部皇皇五十余册的"华北抗日根据地及解放区文艺大系"，更加深切地感受到新中国的建立真是来之不易，她是无数条战线的可歌可泣的人们不懈奋斗的结果。在这样一个特殊的日子里，我们感念当年那些有名无名的作者，感谢参与整理工作的学者，当然，更要感激我们这个伟大的时代。

目 录

是我们自家人	1
在一九四〇年中创造起来的新平北	4
论晋察冀边区反"扫荡"战的伟大胜利	11
我们的主题	16
亲日派的心眼儿真狠	19
亲日派们捣乱咱们老百姓怎么办	22
察南蔚县人民在苦斗中前进	24
坚壁清野工作	27
不喝迷魂汤	31
把村选办得更好	33
注意些,乡亲们!	35
怎样打算过好日子	37
亲生之母	39
砍刀	42
八路军要跟咱们一块儿干到底的	44
踏着先烈的血迹前进	46
从战斗中成长起来!	48
母子俩	50
两个十一岁的儿童	52
春耕短曲	53
中国孩子在苏联	55
教孩子做模范儿童	57

边区儿童和大后方的儿童	59
摧残青年的劳动营	61
卖身契	65
重庆的女工生活	67
张二小的老婆	69
反对亲日派反共顽固分子摧残文化的罪恶行为	71
比赛	73
入死出生	76
互助互爱	78
灵邱的富源	80
实验归来	81
两个模范儿童	83
一个模范家长	84
鬼子的小轧车跳起来了！	85
谁刺透了孩子的心	86
李金凤	87
对自然科学的二三认识	89
子弟兵的来由	93
凯旋	95
在春的田野	98
我们在敌占区的一个村里	100
一封新战士的家书	101
迎接革命的五月	103
五月的故事	105
模范的秀子	108
忆白乙化同志	110

认真报告和调查	114
青年　像一条长城	116
革命征途中的边区学生	117
大后方青年在苦难中	120
屈服不了的心	123
青年的故事	124
纪念"五七""五九"	126
"属人""属地"	128
八路军的敌伪军工作	130
反对迷信	132
敌我的困难是根本不同的！	134
井陉敌占区：敌寇暴行种种	136
八路军是个大学校	138
看见聂司令	140
浮图峪的伏击歼灭战	141
寄给武贵哥淑贵哥的一封信	143
谈谈"课外活动"	145
行军中的流动俱乐部	147
打靶	149
保卫麦收的时候到了	150
人和社会的关系	151
尊重民族气节	153
战场纪律	156
纪念五卅革命运动	157
学习的模范	159
保护孩子和母亲	160

纪念抗大五周年——进一步建设二分校巩固晋察冀边区 …………… 162
抗大五年来对国家民族的贡献 …………………………………… 166
争取麦收的全部胜利 ……………………………………………… 171
阜平的春耕战斗 …………………………………………………… 173
学习毛焕德 ………………………………………………………… 175
日记一页 …………………………………………………………… 177
八路军中的共产党 ………………………………………………… 179
五月,经过北岳区 ………………………………………………… 181
拥护模范的革命教师 ……………………………………………… 184
反对敌人抓壮丁 …………………………………………………… 186
伏击 ………………………………………………………………… 188
我村有个小闺女 …………………………………………………… 189
青年知识分子在部队中 …………………………………………… 190
号和枪 ……………………………………………………………… 192
美丽的虹 …………………………………………………………… 193
晋察冀边区第二届艺术节宣传大纲 ……………………………… 195
战斗中的支部 ……………………………………………………… 199
青年日记断片 ……………………………………………………… 201
描写不出的印象 …………………………………………………… 202
从齐各庄所看到的 ………………………………………………… 203

是我们自家人

——反"扫荡"民兵故事之一

牢寒

炮声震荡着暮霭里的山野。

早已集合起来的民兵站在南坡上机警地眺望着山后卷腾着的浓烟……

"那是老三伯吗?"青抗先队长指着沟底一个一瘸一拐的正蹒跚着向上走来的人。

"是他!——他身上背的什么呢?"

…………

近了。可不,正是他。背后背着寄在他家的那个病号,破毡帽下那满是皱纹的脸,淌着汗珠,两只穿了家造棉鞋的脚,像骆驼蹄似的艰苦地迈动着。

"村里还有人没有?"站在最前面的工会主任赶过去问。

老头子轻轻地将那个病号放在地上,喘着气摇了摇头:

"我跟村长在五道庙后坚壁救火时,村上人早就走光了。可是我还得到村上去一趟,给这位同志捎被包,还捎带找点吃的。……你们先照顾他一下……"

"还要到村上去?"武委主任犹疑了一下,"也好,快快回来,敌人离这儿已经不远了。"

老头子消失在山沟拐弯的地方了。

村子像死了一样,没有一点动静,只有街头的溪水还在窃语着。

老头子跟跄地趔到家里,背起被包,带上早已烙好了的荞麦饼跑出来,刚拐过一堵破墙,就给一把手枪堵住了:

"站住！干什么的！"

恐怖像冷水一样从头上顺着脊梁浇下来。老头子慌促地叫着：

"老百姓！"

"背后挎的什么东西？"是另一个穿着青袍子的家伙赶上去，一脚踢落了那绑得四四方方的被包，胡乱撕扯着检查。

"说！老东西！是给八路军背的不是？"

"不，我自己的。"

"胡说！这破军装是谁的？"硬硬的掌响在老头子消瘦的脸上了。

接着四只黑色的胶皮鞋，乱踢在老头子刀棱似的脊背上。

老头子眼前迸出火星，鼻子出血，昏过去了……

当他醒过来的时候，鬼子的大队已经进了村庄，一个军官模样的家伙指着老头子的鼻尖得意地笑着："哈哈！正是这家伙，浅裤子，青袄，方才我在山头上用望远镜看见的，还背着一个穿黄衣裳的……"

"那一定是八路军！"

"八路军的！"一个有胡子的鬼子拉着马过来。

"为什么背八路军？"一只黑头皮鞋踢在老头子的肋上。

"我没有背……八……"

"胡说！"

"……不是兵，是我们自家人！"

"老胡子……"又是一脚。

几个凶狠的敌人把老头子像猪一样地拖扯着，绑在一棵榆树上，将刚从骡子身上卸下来的驮子，架捆在他的背上。兽兵们围成了一个圈子，看着老人被压得咬着牙缩着肩膀痛苦呻吟的惨状，拍着手哄笑起来。

夜深了，村子里冒起来的火舌，舐着布满繁星的天空。模范队青抗先为了扰乱敌人,在山头上也点起火来。

突然,一张染满血迹的脸出现在火堆旁。大家一时都惊呆了,那血脸兴奋地喘着气说:

"我去取被包被鬼子逮住了,……把驮子压在我身上。天黑了,鬼子们困得像死猪,我解开绳索,背了杂种们一包饼干,跑出来……"

——这是阜平温塘一个老年自卫队的故事。

(《晋察冀日报》1941年1月16日)

在一九四〇年中创造起来的新平北

王介

> 平北地区是中国的，中国的地区只有中国人才能管理。现在我们用自己的头颅和热血从日寇和汉奸的魔手中抢回来了，我们要很快地建立一个独立自由幸福的新平北。
>
> ——萧克

新平北是在这一年中创造起来的，新平北的创造是用无数战士的血肉和头颅换取来的，新平北已经在这一年的血的苦斗中生长起来了。

新平北的创造与日渐巩固，是八路军冀热察挺进军平北部队指战员政工人员英勇奋斗的伟大成绩；是挺进军萧克将军正确的领导与部署的结果；是中国共产党在平北正确的领导与统一战线在新地区运用的成功。新平北的创造，是一件极其艰苦的工作，新平北创造的成功，给敌人在华北以及东北的统治上一个很大的打击。

新平北地区是创造起来了，解放出在敌伪血腥统治下三年有余的甚至九年多的同胞，改善了他们的生活，给了他们以民主的自由，树立了祖国的人民的抗日政权。

新平北地区的创造，在政治上起着重大的影响，对坚持华北游击战争与收复东北失地也有极大的意义。

在军事的战略意义上，平北地区是冀热察一个重要的战略支点。它的建立，成为平西根据地的卫星，并且是平西与冀东的联系的纽带，反攻阶段收复失地的一块很好的前进阵地。他的位置是在平绥路之东之北，□口、居庸关、张家口的左侧，平古路以西潮河的右侧，南至昌平，北至内蒙古，包括了冀热察边的广大土地，伪满洲帝国的热西南与伪蒙古联合政府的察东南，和伪华北政务委员会的冀东道的一部分土地。这一根据地的建立，可以打击敌寇对大西北的进攻，控制平古、平绥两大干线和联络我平西与冀东两块地区，把敌伪华北大本营的北平放置在我们的包围圈里面（北平之西为平西，东为冀东，北为平北，南为十分区）。

但是，创造新平北，曾经过一个艰苦的过程，它是我们无数战士的鲜血换来的。由于敌寇过去重视这一地区，几年的血腥统治与强化伪组织，给我们拓荒者的勇士们以不少的困难。

创造新平北，主要是依靠于军事上的胜利，其奠定了平北抗战根据地的基石。这一工作的开辟，在去年（一九三九年）秋天便有了初步尝试，但因主客观各种原因，这一尝试是失败了。今春挺进军以百折不回的精神，并灵活地运用创造新根据地的理论，陆续向平北运输部队，在中国共产党正确的领导下与指战员机动地运用了战略战术，开展了大规模的游击战争。从此八路军的足迹便从永定河以北到十三陵，转战于后七村八达岭一带。东进深入黑河白河流域，出入内外长城直抵潮河，与冀东我军取得联络。并由延庆南山到延庆北山，利用两山的有利地势创造了根据地，开辟了延庆川的工作。青纱帐高起之后，正是我军在平北地区活跃最繁盛的时期。由延庆北山向西发展，摧毁姜庄子、长安岭、东山庙等地敌伪组织与据点，直达新保安、下花园、宣化附近。由于我军之英勇善战，无战不胜，几度袭入沙城、土木、下花园，敌伪恐慌之至，群众蜂起参战，地方游击队在短期内即行组成，且成为一支保家乡的劲旅。同时，由延庆北山向北发展，过白河向北挺进，这一支铁军猛虎一样地所向无敌，几度克复龙门所与独石口要塞，敌伪闻风而逃。我军并袭击龙关赤城两县城，越过外长城到塞北的沽源与崇礼附近。大军活动距张家口仅五六十里之遥，伪蒙古联合政府的"首都"张家口市甚为恐慌，终日加紧戒备。另一支部队东至密云、古北口、承德、大阁附近,所谓"王道乐土"的"满洲国",也没有方法实行其"王道"的政治了。一些专事欺骗榨取民众血汗的宦官王族们,都被打得弃甲丢盔狼狈逃窜。广大的土地逐渐收复,许多据点逐渐攻克。尤其在平北沙塘沟、南天门、琉璃庙子、太子城、下花园、五间房、姜庄子等几个伟大的胜利,对于开辟平北与巩固平北,是有着重大的意义。

但是,开辟平北,确是一个极艰苦的过程。当着我军北进的时候,正是青黄不接的苦夏。由于去年水灾的严重,人民很多是没有饭吃,八路军在深山里,一面战斗一面求食。因此,战士普遍害病,再加上敌人积极增兵,从长春、沈阳、锦州、赤峰等地大批地调遣敌伪军以及警察,到承德、古北口、独石口、大阁、东卯等据点上,除了以上并动员热河第五军管区全□敌伪,以及调遣蒙古骑兵第四十一团与伪溥仪之亲卫派全体参加秋季对伪满境内的我军大"扫荡"。北自独石口、三道川一带起,南至石堂路、密云附近,瓦房沟、富贵山、百六十里长之天河利沟、喇嘛沟、汤河川、黑河川、白河川、翻沙沟、杨树沟、稻地坑、头道营子、三道营子、五道营子、药王庙沟、四道窝铺后沟、花盆、茨顶、水头、大石窑、白马关、石堂路、琉璃庙子等地都是激烈的战场,每天都不知道演着多少次的血战。而敌寇八九年的统治,情报网和特务机关组织的严密,处处给我军在战斗上一些不利。同时,土匪的活动,也给了我们工作上的很多阻碍,为了为民除害,我军是在与敌匪残酷斗争中获得了平北同胞热烈□护的。现在,平北地区是在英勇的八路军指战员、政工人员与地方工作同志的艰苦奋斗下成起抗日的根据地了。尤其最近几次反"扫荡"战的胜利,使得这块根据地在逐渐走向巩固与发展了。

平北抗战根据地是建立起来了,随着这块地区的巩固与扩大,我们摧毁了敌伪组织,树立起祖国的抗日政府。由于地域的划分,目前平北共计成立起昌延联合县政府（昌平、延庆），龙赤联合县政府（龙关、赤城），龙延怀联合县政府（龙关、延庆、怀来），崇宣龙联合办事处（崇礼、宣化、龙关），丰滦密联合县政府（热河之丰宁、滦平与冀东之密云），这些县政府是在晋察冀边区行政委员会第十四行政督察专员公署的直接领导下，执行中央政府与边区政府的各种抗日政策，各种进步法令。由于地区开辟的先后、各县工作的深入，有程度的不同，不过废除苛捐杂税、征收统一的出入口与过境税是已经在各县普遍开始了，并且已实行了合理负担，征收救国公粮等。对于人民实行改善生活、减租减息、优待抗日军人家属、进行冬学运动、提高大众文化政治水平、恢复村小学、救济被难同胞，以上这些，在各县也已进行。曾经的议汇报制度，也一步步建立起来。建立与改造区村政权，检讨、督促、布置□深入下层工作，不断地开办行政人员训练班，都得到了不少的成绩。各级政权组织形式能适合于游击战争环境，各级行政人员的英勇奋斗不怕牺牲的吃苦耐劳的精神，更是值得人们钦佩与学习的。如在敌据点附近工作，和战斗中□不离区、县不离县，有的县长、科长和区长助理员，就在游击区与敌伪做斗争，扩大我们的政治影响，争取敌占区同胞，团结他们在抗日的旗帜之下在我们政府的周围，并争取伪军和伪组织中的工作人员到抗日的阵容中来。这一工作做得非常好，很多地主士绅、地方上的上层分子，都在统一战线的大旗下团结起来参加抗战了。像这种坚决勇敢深入敌区的精神，是值得人们学习的。而昌延胡县长因深入敌占区致遭壮烈牺牲，是使我们感到无限的惋惜与哀悼的！

平北地区已遍地重插上祖国的旗帜了，祖国的政权是受着广大人民无上的拥护与热烈的爱戴的，人民能在我们政府的号召下，完成各种任务，人民能在我们政府的保护下恢复了自由，渐渐走向民主的幸福的生活圈里去。

平北地区能够有目前这样惊人的成绩,打下工作基础,除了由于共产党八路军之主观努力外,在客观方面也由于平北人民受着敌伪长期的无情的压迫与剥削。现在起来抗争,顽强地积极地自动地参战,热烈地帮助和参加八路军与抗日政府,在伪满、在龙赤、在昌延到处看到自愿兵要求入伍,有的自己扛着埋藏多久的大枪来了,为了保卫家乡,求得彻底地解放,地方武装在各县是猛烈地发展着。平北人民是在组织和动员起来了,各地的自卫军昼夜放哨,在敌据点附近监视敌人行□,战斗中热烈地参战,勇敢地带路、抬担架、运输、送水、送饭。沙塘沟之役一个老乡为了坚决完成任务,而在火线上壮烈牺牲了。某次夜袭雕鹗,老乡直接带我军冲到城根,光荣地负伤。平时送信,除男人外,我们还看到了女人自动去做,大部分鞋子、袜子和棉衣都是妇女们帮助军队工作的伟大成绩。群众缴纳的救国公粮与皮衣布匹,从山外的平川送到山里,经过敌人封锁线,时常被敌人堵截去,丢了粮和驴子,还要到敌人处吃官司,甚至受到极刑毒打,但群众不怕一切困难和牺牲,仍然继续往山里送。跳狮河村敌人因索粮三次烧房,老乡们直到房子全烧完了也不给敌人送粮,相反地给我们送。大白老的村长因为帮助八路军被捕受刑,释放后仍秘密帮助我军,以致再被捕,而同村共难者十余人,都是在敌人的毒刑下,为国家为民族壮烈地牺牲了。像这样誓死不投降为祖国流了最后一滴血的同胞还很多。平北的人民是强悍的,在延庆川的游击小组与除奸小组,是经常与敌人特务搏斗,以至伪军的刘团附在夏天都被他们杀死了。平北在这一年中涌现出无数的民族英雄,这些人将成为巩固平北根据地的骨干。平北人民的组织,在目前有农会、青救会两个团体,他们普遍地在各村区逐渐组成起来了,开始了团结和教育,改善生活,在战斗中积极动员与配合作战,坚壁清野工作一般也做得不错。

　　平北群众是这样积极抗战,现在有着无数的群众领袖在领导着他们走向坚持平北游击战争，为巩固和发展平北抗日根据地而斗争。

平北地区的创造虽然有很大成绩，但也有一些缺点：首先是有个别部队，还存在一些流寇主义残余游击作风，抓一把，对政策注意不够，对上级所指示的敌伪军工作做得不够。其次，政权方面，由于行政人员都是没有政权工作经验，在布置工作上的计划性不够，犯了事务主义东抓一把西抓一把的毛病，了解问题简单。个别地区忽略了团结与教育群众、户口与土地的调查、彻底改善人民生活与实行合理负担、严格地执行税收制度，与区村政权的建立和健全，以及个别地方行政机关的混乱无组织，个别分子的个人的英雄主义思想，不深入下层，不了解人民的痛苦，和处理敌探特务汉奸的办法不当。再次，关于群众工作者，对于群众组织不深入，教育不够，跟不上群众的进步，结果成了群众的尾巴，个别负责人不能到下层去，脱离了群众的现象。在三方面共同工作的配合上也有的地区不大够，军政民联席会应积极建立和健全起来，总结与布置工作，调节各方面的关系是目前平北军政民的大问题。以上现象，是在个别地区部分的团体和个人犯了，但这也是一个新开辟的地区的工作上所难免的。不过这些问题是在逐渐克服与改革中，新的平北已经在我们的面前出现了。

平北军政民的合作与英勇奋斗已经摧毁无数的敌伪组织，收复广大失地，在向着新的建设的大道迈进，粉碎敌寇大举进攻与残酷的"扫荡"，揭穿敌人各种欺骗宣传与威胁利诱，在不断地胜利与新的建设中，动摇与争取了伪军和伪组织中的工作人员。我们的抗战力量在日益强大起来，敌伪力量却日渐缩小，平北敌军兵力的不够和伪军纷纷反正，使得敌寇感到极其的恐慌与寝食不安。平北地区就是在这样蓬勃地生长着！

平北抗日根据地是建立起来了，它的建立说明了挺进军的英勇善战、所向无敌，它是真正能向敌后方挺进的、它是站在抗日最前线上为中华民族求解放的一支铁军。

  平北抗日根据地是在这一年血的斗争中建立起来了。这块地区已经成为一个不可摧毁的抗战堡垒、铁的长城。它和冀东平西是血肉相连的一母兄弟,它的壮大是和平西与冀东有着密切关系的。我们相信平北将在不断地努力与克服一切困难中创造出光辉与伟大的成绩!

  一九四一年的冀热察将和时光一样地向前发展着,在这一年中将结成更丰满的果实!

一九四〇年冬

(《晋察冀日报》1941年1月23日)

论晋察冀边区反"扫荡"战的伟大胜利

左权

一九四一年元旦,我们先后收到晋察冀边区两个捷电,一个捷电是元旦早晨阜平城克复的消息,另一个捷电报告我冀中十七团于十二月二十六日于平汉路上定县南宣村胜利的伏击战。这两次胜利的战斗经过,前几天已经在报纸上公布了,不需在这里重复陈说。

大家都知道,晋察冀边区的这两个胜利,最后粉碎了这一次敌寇对边区的"扫荡",保卫了阜平城,又一次打破了敌寇久踞阜平,分区"扫荡"我平汉路左右各抗日根据地的企图。□□□□战斗高度伏击艺术的战例,给了敌寇以重大打击与消耗,振奋了华北,特别是平汉路沿线的广大人民。这些意义,都是很明显的,也不需要在这里重复陈说。我们所要说的是晋察冀边区这两个胜利,对于华北敌后抗战的重大意义。

晋察冀边区在其开始创立的第一天,就处在敌寇严重压迫之下,在三年多的敌后斗争中,晋察冀边区总是遭受敌寇的反复"扫荡"和最频繁的战争,特别在冀中区尤为严重。敌据点之多,敌兵力之厚,也以边区尤其是冀中为最。敌人对于晋察冀边区是最重视的,敌人对于晋察冀边区的进攻是最"小心"也最残酷的。在冀中区特别是在大清河以北,敌人的据点和公路是最多的,并进行着不断的"扫荡"。但尽管情况是这样的艰苦困难,晋察冀边区却始终屹立在敌后方,强大而且发展着,一次又一次地把敌人的"扫荡"粉碎。这是什么缘故呢?当然其中的原因是很多,除开政治的、经济的、文化的等等重要原因在报纸上已不少披露兹不详论外,仅就其军事上重要的两项,简单说明如次:

第一，坚持敌后抗战的战略基本方针是："基本的游击战，不放弃有利条件下之运动战。"这在晋察冀边区不仅在对作战的指导上明白地表现了出来，更在武装力量的组织形式上也明白地表现了出来。因而，他们就确切地掌握了武装力量之组织形式与战略战术的内容之必须的一贯性。在三年多的斗争过程中，在边区不仅组成了强大的正规军，并且认真地、确实地培养出了大批的群众武装游击队。在今日说来，晋察冀边区，首先是冀中区真正的广泛的群众性的游击战争，堪称基本上开展起来了。那里特别使我们感动的是冀中大清河朱占魁同志那个区域，如果说晋察冀边区是华北各地群众游击战争的模范，那么大清河区域就应该叫作模范中的模范。那里有真正属于群众的土生土长的在任何情况下都能坚持抗日游击战争的正规军与地方武装，那里真正做到了发动群众力量去包围敌人的点和线，所以敌人对这个区域表现很大的恐惧。在我们缴获的敌伪文件中，看到敌军官说这样的话："朱占魁这个家伙真厉害……"（电码不明一段）严重的是在个别抗日战争根据地里的民众的广泛的游击战争，可以说基本上还没有开展起来。这确是一种严重地忽视的现象，这是有害于党坚持敌后抗日军事的基本政策的。若不立即克服这种现象，势必造成严重的损失。

忽视正规军的建设，而过分强调地方武装的作用，以为只要有了群众游击战争的发展，就可以完成敌后抗战的严重任务，这种了解显然是不正确的，可能引起对于建设正规军工作的放松而招致战争的失败。但忽视认真地培养群众武装，甚至有意无意地削弱群众武装（例如对群众武装发展抓一把作风，不根据各种政策等等），实质上是对开展民众性游击战争的取消。这种现象虽然反对过了，但是目前各地执行武装建设政策看来，忽视地方武装，甚至部分地方武装发展的问题，还依然严重。不少军队工作同志，也很同意扩大并加强群众武装的政策，承认开展广泛游击战争的重要与必要，并曾感受到没有游击战争的开展正规军作战成为毫无配合的切身痛苦，但为着充实与加强正规军又不惜伸出抓一把、合并政策的手来。不管他的做法如何改头换面，实质上仍是削弱群众武装与取消群众游击战争。

  这种现象不立即纠正，真正的群众武装与广泛的民众性的游击战争是无法开展起来的。同时，在另一方面，地方武装问题，首先是游击队的训练问题，是其中重要问题。经验证明，游击队必须逐渐地提高其质量，逐渐向正规军前进，才有光明的前途。但这里绝不是说，把游击队编入到正规军就算正规军化了。这只是一个方法，而不是方法的全部。在今天说来，把游击队质量提高，基本上是应该不断提高其政治觉悟、军事技术、纪律素养，使之日益向正规军前进。这样才能一方面确实地建立民众武装，另方面也就逐渐扩大了正规军队，同时，更适应今日的战争与军事建设的政策。

  上述一切，晋察冀边区做了不少的模范先例，也正因为在建军上的成就，保证了战争的胜利，好好学习与运用这些建军工作胜利的经验教训，是非常重要的。

  第二，晋察冀边区，全体军民保卫抗日根据地的决心与努力，在全华北范围内，都是值得表扬的。这一决心与努力，在这一次收复阜平中，又一次地表明出来了。阜平城位于晋察冀边区之中心，城虽已被敌寇摧毁不堪，然以其所处地点之重要，对边区之巩固极有意义。敌寇为摧毁边区这个抗日根据地，对阜平城的争夺已非一次。还在一九三八年冬，初次"扫荡"边区时，即以阜平城为目标合击，在以后的反复"扫荡"中，皆以阜平为目的地，尤其是一九三九年之冬季大"扫荡"，对阜平城之争夺极为激烈。在我边区军民顽强打击之下，敌寇终于无法立足而不得不放弃阜平城。但敌寇始终不忽视阜平城的，口口声声以夺下这一座空城楼为当前之任务。敌寇知道：阜平城乃边区心脏腹地，占领阜平城之后，便能进一步地分割边区，方便以后之"扫荡"。于是以势在必得之决心，于去年十一月之大"扫荡"边区中，数万"扫荡"大军又指向阜平合击。于同月十九日该城为敌夺去后，敌寇一面占据城楼修筑堡垒，囤积粮弹；另一方面加速修筑后方联络线，以图久驻。我边区军民乃以收复阜平城，巩固抗日根据地之目的，从敌寇进占该城之第一天起，即以最大决心与兵力誓与敌寇做顽强的持久战争，一直到驱逐敌寇出阜平城为止。于是在阜平城周围曲阳、行唐交通线上，展开了连续不断的战斗。敌虽有固守之心，但□外援断绝，粮弹两缺，终不得不狼狈而逃。于是在四十余日的阜平城之争夺战中，敌寇夺占阜平城之目的又被我边区军民所粉碎，我边区军民又一次地获得恢复阜平城之光辉胜利。这里很显然的，这些光辉胜利的获得，是由于边区军民对保卫根据地具有高度的坚决意志，顽强的毅力，不断与敌寇进行军事的争夺。此次战争没有□□□□□□□□精神与决心，阜平城的恢复当然是困难与不可能。目前敌人正在用尽一切方法企图缩小我们的抗日根据地，扩大其占领区。除了在其占领区域周围增□点线，逐步深远以外，更破坏我各个抗日根据地的建设，深入根据地的中心地区构筑据点，已达到其毁灭抗日根据地的目的。这是应该引起我们严重警惕的。虽然我们敌后游击战争的胜负，并不是在于一城一市之得失，但在巩固根据地问题上，在抗日根据地基本地区的中心城市，常常关系到整个区域的存在与巩固。因此，就必须加以保卫，就必须与敌寇进行持久的争夺寸土的斗争。因而，晋察冀边区保卫阜平、收复阜平的战绩应该列为一个光荣的榜样的。

晋察冀边区的克复阜平，证明了保卫抗日根据地之中心城市有十分重大的意义，必须将敌人从这些城市地区赶出去，不让敌人在这些中心地区久留，才能求得抗日根据地的更加巩固与安全。

晋察冀边区克复阜平，证明了保卫抗日根据地的某些中心城镇是完全可能的，但□要有高度的保卫根据地的意志，即有争夺寸土的决心与力量。这里所说与敌寇争夺寸土并不等于扎硬寨、打死仗，而是应用我军惯用的正确的战略战术。

应该把晋察冀边区这一次伟大胜利的重要意义及其经验教训好好地发扬起来，运用到各个抗日根据地里去，使得在根据地的巩固上，领导战争、组织战争上，再前进一步，我们就一定可以创造出许多更光辉的胜利。

一九四一年一月十二日

（《晋察冀日报》1941 年 1 月 28 日）

我们的主题

林多萃

站在春天艺术工作同志齐整着步子进军的行列，我们愿意鲜明地写出目前创作的主题问题。

什么是我们的主题呢？我们要怎样表扬我们的主题呢？主题问题在边区的艺术工作同志面前，已经是太熟悉的问题、太简单的问题，因为是太熟悉和太简单了的缘故，在工作实践上，有时就容易模糊起来、涣散起来。而今天需要主题性的强调，需要主题性的鲜明。

我们这样答复以上的问题：

今天边区艺术创作的主题应当是爱护边区！

这里面包含了爱护抗日根据地，爱护进步力量，爱护保卫了抗日根据地和作为进步的动力的子弟兵、领导者和战士。其间，要大量表扬新的典型，要毁灭日本强盗及一切阴暗的破坏企图。

这个答案不过是重复我们一开始就把握着的答案罢了。三年来，我们做了不少工作，这工作边区的人民给我们证实。但仔细检讨起来，我们的洋洋的作品产量上不也标记着这些缺点吗？

标记着我们的热情飘浮于作品的外衣多于注射到作品的内脏，因此使作品失去内在的康健和跳动力。因此，我们的热情和愿望就多是在人民眼前打转，而不能完全抱吻着人民的灵魂。因此，我们的意见和企图多是自外向人民投入，多是被他们机械吸收，不能全部成为营养和发育的力量，而必然使作家的意见和企图有一定程度的悬空。

然而就艺术本身来说，是不应该有这种缺点的。

艺术是历史的旅伴，在文化与教育上有其明显的重要性，这重要性表现在它能达到一种特殊的力量。艺术应该是思想宣传的最普遍的最有成效的手法。艺术以现实的血和肉充实着思想，它给那些思想以比别种科学更大的显著性和确切性。因此，艺术便具有一种生动的、便利的而且见极普遍的工作效果，在战斗中，也就是制胜方法。

过去我们写了人民的战斗热情、写了农民和妇女、写了牧羊人、写了老者、写了孩子，我们的作家用人民的热情烧着自己的热情。然而，以上那些缺点是怎样来的呢？

我们可以究根追源到我们的一些工作者还不能很好组织自己的经验题材问题、手法问题等等。

但是追究到这里是不能住手的，因为这些问题是一个原因，但还不是真正的根源。

真正的根源是我们的一些作家有时对作品主题的疏忽，对主题强调的单弱，对主题表现要求不愿费大心力。

对于一个战斗的作家，主题对于他是灵魂、是力量的源泉、是思想的本质、是时刻应该用鲜明的色彩写画在心里的，为要高度表扬它而用尽一切的力。

因为这是本源，本源不□不□，无论你有多少经验，有怎样高妙的手笔，也便无济于事，也会干枯涸□的。

主题问题是创作问题的中心，从这个问题向上可以推到作家的认识问题，往下可以连到创作方法上的问题，但我们不再提这些联系了。

我们只是强调边区目前创作的主题的鲜明、尖锐、进步，作品的刺激。这鲜明尖锐进步和刺激，不是像我们前面指出的那些失败形态，而是使我们的思想□希望、意见□企图通过作品真真生根在人民心里，在人民心里生根一种力量，启发人民对边区发于热情而同时□是发□理□更亲切的爱，保卫的决心。

作为一个现时代的作家，在其主题的表扬上，不能只是感情的，必需还是理性的,用理性来高扬,来控制着感情。

艺术的力量是这样生出来的。

我们提出目前边区创作的主题是爱护边区。这个主题的范围并不狭窄,在其本身有丰富的容量——这自不待言。而从这出发,在创作的样式上,自然也是多方面的。

在今天,在国际国内形势下,我们对边区艺术工作的兄弟提出这个要求。

一九四一年一月

(《晋察冀日报》1941年1月31日,《晋察冀艺术》副刊第4期)

亲日派的心眼儿真狠

张有福

这两天我实气得吃不下饭去，睡在枕头上还发脾气呢！我活了这样大的年纪，再也没有见过这样狼心狗肺的坏心眼儿的事，说起来，真叫石人头上也得冒火！

新四军是咱们八路的兄弟，也是中国共产党领导的，打起仗来非常有劲，和老百姓也很好，这都是出了名儿的。自从咱们和日本鬼子打起来以后，他们就在长江的南边和北边一直和鬼子干，真也把鬼子打得七零八落、东逃西散。后来，鬼子连见了新四军的一根头发都要吓得往后跑呢！就这样，新四军在长江的南边和北边夺回来了好多土地，救下了好多咱们老百姓。新四军可真是一支爱国爱民的好军队！

可是这样一支好的军队，却遭到一些卖国奸臣们——人家现在叫作亲日派的，咱也就说亲日派吧——就遭到他们的恨！这些亲日派们从朝到晚千方百计就想谋害新四军——不，他们是想谋害整个的共产党、八路军和新四军的。他们这种鬼心眼儿是因为自己想随日本人卖中国，共产党、八路军和新四军却一定要和鬼子打。这样，他们的卖国心事就不能办到；又因为日本鬼子最害怕共产党、八路军和新四军，所以给他们也下了命令，叫他们打共产党、八路军和新四军，他们也巴不得在随日本鬼子以前献点功，想等在随日本鬼子以后多受点赏。这样，就按排定计，谋害□忠良了。

以前，这些亲日派们就不把共产党、八路军和新四军看成自家人，处处虐待人家。人家有五十万军队，他们却只给人家发四万五千人的饷，后来就这点饷也不给人家发了。人家□跑到鬼子的后方和鬼子打，他们却一颗子弹也不给人家发，想饿死人家八路军、新四军，想使鬼子打散和泯灭人家八路军、新四军！这些事情，说起来真够叫人下泪呢！可是人家八路军、新四军和老百姓好，老百姓愿意给他们吃，人家八路军、新四军打仗勇敢，能把日本鬼子的枪炮子弹夺来再打鬼子。所以，亲日派使用了千方百计，终久人家八路军、新四军还是越弄人越多，越打越厉害了！亲日派们看了下，不行，就想定自己来打，先打谁呢？打八路军吧，八路军多半在北边，远！不好打。新四军在南边，离得近，还是先打新四军吧！可是，打新四军，新四军也不是好惹的。后来，亲日派们就翻肠刮肚地想暗害的计策。暗害的计策想定了，就是：先给新四军下个命令，让他向长江北边挪动，还一定要让他跟着指定的路走，再在指定的路上预先埋伏下大军，等他过来时把他全部包围起来，一股脑儿打，打得一个也不剩！自然，这些暗害的计策，也是事过后大家才明白了的。事先，哪一个有人心的人，还往那里猜呢！

新四军不光是一支爱国爱民的好军队，还是一支顶能服从命令的好军队呢！本来江南的小伙子们当兵是为了保护自己的家乡的。现在让他们老远地到北边来，哪能舍得下他们的家呢！可是，为了服从命令，他们硬着头皮就开始走了，跟着亲日派们指定的路，走到叫个"茂林"的地方，一下子亲日派们埋伏的队伍出来将他们包围住了。这埋伏的亲日派队伍是亲日派的一个□子名叫顾祝同的领的（补说一下，那个下命令的亲日派大头子叫何应钦），下边有五十二师唐云山、二十九师段茂林、一〇八师邵纪五……谁还有心记那些卖国贼队伍的名字呢！总而言之，亲日派埋伏了七师共有七万人，把新四军军部及江南部队一万多人一重一重地包围起来，用机关枪大炮一齐打。新四军本来是好心眼儿，没有想到这些狗奸贼的暗害，再也人数只有一万人，哪儿能顶住亲日派的七万人呢！就这样，新四军一万人还一直和亲日派七万人打了八天八夜，直等到新四军粮也没有了，子弹也没有了，人也差不多没有了，亲日派才算把他们的暗害心愿满足了！这件事当中有一个世界驰名的英雄，新四军的头儿叶挺军长因为身带重伤，也叫亲日派逮住了。

　　这就是现在大家叫作"皖南事件"的经过。这是一件大事！从这件事看来，亲日派谋害共产党、八路军和新四军的主意是打定了——也就是说他们卖国的主意是打定了！可是我们老百姓呢，能看着叫他们把国卖了让我们当奴才吗？我想我们谁也不愿意。那我们大家就应该出头，不让这些亲日派打共产党、八路军和新四军，反个个儿，要把这些卖国的奸贼亲日派们都赶跑，主张全国的人民团结起来，还是一块儿打日本！

　　　　　　（《晋察冀日报》1941年2月1日，《老百姓》副刊第46期）

亲日派们捣乱咱们老百姓怎么办

梁溶

眼下咱们全国都嚷遍了一件事，不用说，这就是咱们国里那些亲日派、顽固派杀害新四军这回事儿了。实在，这真是一件大事，咱们万不能不管。咱们看，这伙坏蛋们做了杀害忠良的勾当还不肯撒手，他们还想尽办法调了二十几万军队更要捣乱，想要杀害一切抗日的好军队和老百姓，闹到全国天昏地暗、四分五裂，好叫日本来灭亡中国。你看这种办法毒辣不毒辣？这真是太可怕了！事到如今，咱们老百姓怎么办？好！咱们有办法，咱们一定要和坏蛋们干到底！最近中国共产党为了这个事特别提出十二条办法来，这办法恰正是完全代表了咱们全国老百姓大家的意思和要求，也正是眼前搭救咱们中国的一个好办法。这办法说起来就是：

一、咱们老百姓赶快大家起来，要叫国民政府下令给亲日派坏军队，叫他们赶快回头，马上停止了那种专门挑拨战争叫鬼子看了快意的无理举动！

二、国民政府军事委员会在一月十七日发了一个解散新四军的命令，那完全是胡说八道，一定要叫他们赶快收回，叫他们明明白白宣布自己是完全做错了！

三、咱们要叫国民政府要把这回杀害新四军的大坏蛋何应钦、顾祝同、上官云相重重治罪！

四、咱们要叫赶快把叶挺军长放出来，再回到新四军当军长。

五、这回坏蛋们把咱们新四军弟兄和枪支无缘无故夺去了，咱们一定要叫他们连人带枪完全交回来，一点也不能少！

六、咱们要叫国民政府认真好好抚恤死伤了的一切新四军弟兄和

他们自己的家属！

七、咱们坚决反对内战，要叫赶快把在华中的几十万捣乱的"剿共"军队开回来，好掉转枪口打日本！

八、咱们要叫赶快把坏蛋们在陕甘宁边区周围筑的那许多封锁线完全平毁了，再不能胡来！

九、在全国各地到处杀害爱国的老百姓那种叫人痛心的犯罪举动，一定要叫赶快停止了，要把全国一切爱国的政治犯放出来。

十、咱们一定要叫废止了一党专政，实行真正的民主宪政，叫全国老百姓有自由，一切都要听老百姓的话！

十一、咱们要叫国民政府实行真正的三民主义，服从孙中山先生的遗嘱，和日本干到底！

十二、咱们一定要识破亲日派坏蛋们闹反共的诡计，要叫把那些亲日派贼头子们逮起来，用国家大法审判他、重办他，把亲日派们清除得干干净净！

（《晋察冀日报》1941年2月1日，《老百姓》副刊第46期）

察南蔚县人民在苦斗中前进

王炜

如果提起察南的蔚县来，人们总觉得那里很远很冷，荒凉而且落后。但蔚县的工作干部和抗日人民却始终是在严寒的风雪中，像冀西的人民一样与敌人坚决地战斗着。

敌人在蔚县有苜蓿、大王城、西合营等十四个据点，各据点间都修筑了汽车路，对南山有"环山公路"，另外在川下较大的村镇间也修了很多的公路，以便他随时来进行"清乡"和"扫荡"。例如在七八九三个月里，在五区就曾进行了二十次以上的"扫荡"，现在还到处强索民夫，修筑桃花到涞涿县的汽车路。在伪县政府里，是专设有土木工程股来管理修路的事情，川下的老百姓每天不知有多少人在敌伪的皮鞭枪刺下做着这种牛马似的苦工。

再看敌人是怎样施行公开的残酷剥削哩！

买一斗大米十块钱，出税就得四角五分，一块钱的煤得出税二角，二百元买一匹马得出税二十四元。蔚县全县原来有烧（酒）锅二十四家，除有十八家和汉奸沟通还能苟延残喘以外，其余都因捐税太重倒闭了。蔚县川下原来产矿盐，有很多盐锅，但现在也都因出不起税完全关门了。因为敌人统治销盐，每人每口只准买半斤或一斤，现在川下老百姓经常吃不到盐。另外普通捐税还有下面这些：每年每人（十二岁以上者）出税一元五角，一头驴十二元，一头牛十八元，一匹马二十四元，一只羊一元五角，土房每间一元二角，瓦房每间一元四角，"良民证"每张一元，每年换一次。

敌人在蔚县还设有大麻公司来统制麻，指定各家种麻亩数，届时去收，每斤（二十两的大称）市价一元至一元二角，但实际上只给

三四角的伪钞。如果卖给别人或留下自用，除把麻没收以外，还要罚款。

"罚款"是敌人最常用的强盗式的剥削手段，常常给一个村或一个老百姓加上一个什么"罪名"，把人弄去严刑拷打一顿，然后要你拿钱去赎。只去年秋季的一个月中，五区就被敲索了这样多钱：杨庄子五千元，梁庄子七百元，大云町七百五十元，大固城四百余元，北江二百余元，高店一百余元，牛大人庄七千余元，下园五百余元，其在百元以下者，每天不知多少。

由于各方面的压榨剥削，川下每年需出款二三万元的村子非常多，平均每亩地只村款摊派就有二元五角至三元的数目，更因修路抓夫，再捐税繁多，川下民众负担之重是可想而知了。在这样野蛮的掠夺与剥削下，川下虽素称富庶，老百姓的生活也多惨苦不堪了！

但敌人犹以未足，还想统制川下的粮食。去年秋天在每亩地出米八合的"公仓"计划之外，又花样翻新地来一个"粮食组合"，要把老百姓所有的粮食，除每人留下二三个月的食用外，全部收集到据点里，以便运往各地，以救济各线上"皇军"的粮食恐慌。但是这毒辣的阴谋正要实现的时候，边区子弟兵为拯救□敌占区同胞，在北线掀起惊天动地的涞灵战役。蔚县人民便群起配合战斗，他们组织了五百四十六人的参战队。在枪林弹雨中俘虏了伪军三名，缴获大枪五支，战马一匹，大衣二件，海盐九十斤，食粮六石等；组织了担架队一百一十八副，组织了破交队一千五百□十二人，在汽车路上挖沟和□坝九十余条，割回电线一万二千二百七十六斤，配合英勇的子弟兵攻克和收复了王喜洞、桃花等七八个据点，粉碎了敌人的"公仓"和"粮食组合"的阴谋，打击了敌人汉奸，兴奋了广大的川下人民，使我们在川下新开辟了××两个区，使六七十个村庄的人民重回祖国怀抱，来为抗战服务，为争取自由而奋斗！

然而敌人最近又企图把"公仓"和"粮食组合"的阴谋死灰复燃，并且还打算着实现两个新的毒辣的统治阴谋：一个是成立大乡，要在今年正月里把过去的联合乡三四个合并作一个，成立大乡公所，一个区有三个四个的样子。在大乡公所里，住上两个日本人，并设置三十个左右的武装自卫团。梦想由点线的占领扩大为面的占领，来掠夺我们的人力物力，进行长期的侵略战争。另外一个是打算在今年清明时，强迫各村人民种五十亩地左右的鸦片，来麻醉和毒杀川下人民的身体和民族意识。

但川下的人民是并不容易统治的，他们正在艰苦地与敌伪斗争着。他们□不怕一□牺牲危险把公粮送到南山上去，通过敌人好几道封锁线，爬过陡峭冰雪的重叠的山岭，赶着驴子送公粮，当驴子不能再在冰上行走的时候，他们把米袋放在自己的肩上，在黑夜冷风中爬走！

蔚县的人民是这样在察南艰苦奋斗！而且永远是不屈的奋斗，直到他们自由的时候！

一九四一年一月一日

(《晋察冀日报》1941年2月5日)

坚壁清野工作

赵国屏

敌寇在"扫荡"进攻中,企图以"焦土政策"毁灭我坚持敌后抗战配合全国抗战之战略根据地晋察冀边区,这是敌寇对我举行"扫荡"的战略目的。特别在今年敌寇对边区冬季"扫荡"中,更显然地证明了这一点。因此,彻底的坚壁清野工作,不使一粒粮食、一捆柴草为敌所毁或搬走,不使一间房屋、一件用具为敌所用,也就成为保卫边区根据地的伟大斗争的组成部分之一。历次的反围攻反"扫荡"斗争再三证明,这种坚壁清野工作不但是保护边区的有生无生力量,巩固边区的物质基础,把敌寇野蛮破坏行为所给予我们的困难减低到最小限度有效办法,而且是直接封锁敌人、打击敌人,增加敌寇的军事困难,造成敌寇的不利条件的必要措施。那么,坚壁清野的彻底执行和不断地争取反"扫荡"斗争的胜利是分不开的。历次的反围攻反"扫荡"也给予我们血的教训:坚壁清野工作没有执行或执行不彻底,不但增加我们抗战困难,而且间接帮助了敌人。此次反"扫荡"之先,我们就估计到今年反"扫荡"斗争的异常复杂性、残酷性与敌寇羞愤交集的野蛮性,边区各团体对坚壁清野的伟大意义曾经着重指出,各地党政军民也曾进行了不少努力,创造了一些新的方式方法,也曾获得伟大的进步与成绩,增加敌寇很多困难,但有些地方直到今天,在这方面还存在着严重的缺点。为了今后粉碎敌寇连续不断地反复"扫荡",关于如何彻底深入地执行坚壁清野工作和坚壁清野工作如何做长久打算而成为经常工作,我们提出以下意见:

一、要加强深入进行坚壁清野的宣传教育工作,揭破敌寇投降派破坏坚壁清野的阴谋□纠正坚壁清野工作之缺点,以及群众之错误认识。反之，我们应当很好地检查一下坚壁清野工作与去冬的反"扫荡"斗争中不良现象应当注意的问题。

1. 群众对于坚壁清野工作有着不正确的认识，特别是山沟小道敌寇没有到过的地方的群众，对于坚壁清野工作认识更不够。如在敌人没有深入过的山沟小道，群众还存在着太平观念及侥幸和听天由命的心理，认为敌人过去没有来过此次也不会来，因此对于坚壁清野工作还没有□□开始。□□有些地区过分想象敌寇汉奸的野蛮烧杀，□□坚壁清野工作上的失败情绪。特别对于房屋，某些群众则束手无策，□□只有听天由命。或者认为敌寇离此尚远，待情况紧急坚壁也不迟，以及凭持山地险峻，认为紧急时随便一放即可保险。在群众中，对于坚壁清野工作这□错误认识的发生，都是由于对敌寇"扫荡"的紧张性、残酷性、长期性、深入性估计不足所致，也是由于我们未能对坚壁清野的工作进行深入地宣传教育所致。

2. 敌寇汉奸投降派的破坏阴谋，如内奸投降派造谣"越坚壁敌人越烧"和带领敌人挖坚壁清野的东西或偷盗坚壁清野的东西。又如还有些顽固分子声言费事，坚壁作什么？或故意地散布太平空气，这些都是敌寇毁灭边区的"焦土政策"下新的阴谋。那么我们就应当抓住活的事实进行生动的教育，揭破和粉碎敌寇这种阴谋。

3. 在执行坚壁清野工作中存在着的缺点，有些地方虽然进行坚壁清野了，但却只做了个形式，并不彻底，特别是那些没有经过血的教训的群众，有的把粮食埋起来，都没有很好地伪装，很容易被敌发现（如新土或洞口突起等）；有的埋藏的技术不好（经日子多生芽腐朽了或没有伪装等）；有的把箱柜缸罐之类放到山沟或村边，没有埋藏，没有分散，没有放远，只注意到衣服粮食而忽视蔬菜柴草用具（这算只做到空舍没有做到清野，只做到局部而没有做到全部）。同时对这一工作的检查工作，亦极不深入，也没有怎样有组织有计划地进行，一般的以□□到□了没有，却没有考究其他的方法怎样，彻底与否，甚至有的只是发号施令，而对于有组织有计划地进行检查做得尚非常不够（□上边所讲的：东西坚壁的集中不够分散等等），结果是被敌寇挖掘出来烧了，或者是带走了，失掉了坚壁清野的效果。还有些地方坚壁清野做得过火了，限制我们自己的饮食等，这也同样是失掉坚壁清野效果的。

这□缺点我们应迅速纠正，应足够地估计到为保护一斗粮食、一间房屋、一堆柴草、一件用具而斗争。同时任何的太平观念，侥幸的听天由命的心理，必须肃清；任何的失败情绪和等待主义必须克服；任何敌寇汉奸投降派的破坏阴谋，必须揭破与反对。这样做都有着它的重要的政治、经济和军事的意义。只有这样才能使得敌人渴不得饮、饥不得食、居住无屋、行走无路，也只有这样才能尽量减轻我们有生无生力量的损失。所有这些就是在今年反"扫荡"斗争中，血的经验给我们证明了的真理。

二、要加强坚壁清野的组织工作。

1. 要有计划地实行互助，如分区域坚壁在较远的山沟中，合□挖洞，如在勤务繁忙的地区，实行老弱妇孺全力互助，动员当地部队机关，在不妨害战斗的工作任务的条件下，帮助坚壁清野，并帮助抗属家里东西的坚壁（今年有些地方就这样进行过坚壁清野的）。如在深山沟中寻找或事先构筑老弱妇孺□牲口隐蔽的地方，以免荒乱时忍饥受冻。

2. 要实行深入的检查工作。不仅要检查进行了坚壁清野没有，而且还要检查坚壁的方法技术怎样，如果进行得不彻底或尚未进行者，要□政治动员与行政方式配合起来督促群众急速坚壁；如果进行的方法技术不好，则□指导群众用好的方法技术进行之。

三、坚壁清野的技术与方法怎样才不致为敌寇汉奸挖掘破坏？怎样才能使坚壁的东西经久不坏？这是今后坚壁清野应当特别注意的问题，这是□彻底深入与普遍地进行这一工作密切联系着的。

1. 要保守秘密（挖窑洞等防止内奸知道），伪装要不易让敌寇发现，用犁把地耕了（这是今年有一地方创造出来的新方法），洞口不要突出，新土要弄到旁处去，或其他伪装方式等，并使敌寇不易□不敢破坏（□在山岸上打窑洞，或分散坚壁，或在埋伏门上挂手榴弹，洞口埋手榴弹等）。

2. 要盖好洞口封死不通空气，要不易透进潮湿（如在缸瓮坚壁东西四周围空着或底上垫着石头），这样便可经久不致生芽腐朽。

坚壁清野工作是保卫边区，粉碎日寇"扫荡"的重要措施。望我边区同胞，根据过去敌人各次"扫荡"的经验教训，用极大的力量去彻底进行之。

(《晋察冀日报》1941年2月7日)

不喝迷魂汤

老刘

这年头是抗日的年头，也是困难的年头，因为日本鬼子造反，闯进中国，到处乱杀乱砍，一心要霸占中国，剿灭中国。咱们中国老百姓为了打退鬼子过太平日子，也大伙儿联合起来一起打鬼子，决意非把鬼子赶出中国不可。

可是有少数丧尽天良的汉奸投降派，偏偏认日本鬼子当干爹，到处破坏抗战，帮日本鬼子灭中国。这种人像汪精卫、何应钦这些败种就是。另外有些吃了"反共丸"的顽固家伙，整天疯疯癫癫昏头昏脑，听上汉奸投降派的鬼话，把枪口朝自个儿人打，让日本鬼子乘□灭中国。这就给咱们中国抗战多加了困难。不过全中国老百姓早已下定决心，不管有多大困难，一定要和鬼子干到底，一定要把鬼子赶出中国。

除了甘心给鬼子当奴才的汉奸、投降派以外，中国老百姓，谁也不愿意受日本鬼子的欺负，可是有些老百姓还是不明白抗日的道理，不明白日本鬼子为什么要攻打中国。他们总觉得日本鬼子造反，汉奸、投降派捣乱，这是天数，是人们造了孽，"老天爷"给的大难，谁也没法儿揽挡，只好烧香念佛□"老天爷"和"菩萨爷爷"免罪，什么抗日不抗日都不抵事。这一来，□正给鬼子瞅着缝儿，到处买动汉奸设什么先天道、后天道、佛教会，□一大套迷魂阵引诱老百姓入这些道门，然后胡说八道地给老百姓灌一副迷魂汤，把老百姓心眼儿里弄得迷迷糊糊，只知信神信鬼，忘记了自个儿的祖宗和后代儿孙。这一来，日本鬼子就好用汉奸哄骗老百姓破坏抗日，灭亡中国。日本鬼子的这种干法，比他的飞机大炮还毒。因为日本鬼子知道，只要中国老百姓抗日的心不死，中国老百姓迟早总会把他们打倒，因此他才用这种迷魂阵来迷糊老百姓抗日的心。这是日本鬼子和汉奸的圈套，咱们千万不能上鬼子这个当。

要不上这个当，咱们老百姓就得明白一件事，这就是人世间到底有没有神鬼这个问题。

人世间到底有神鬼没有？这件事，人们不知想了多少年都没弄清楚，如今才知道神鬼这东西是没有的事。可是好多人都信神鬼，这是为什么呢？这都是因为早先咱们的老祖宗，遇事一时想不通，临末想出这个怪东西，一代一代给咱们传下来的。这个怪物不知害了多少人，如今才弄明白神鬼这个东西，实在说是没有这回事。为什么说没有神鬼呢？为什么咱们祖先会想出这个怪物呢？这件事等下次再谈吧！

（《晋察冀日报》1941年2月8日，《老百姓》副刊第47期）

把村选办得更好

李长工

　　日子过得真叫快,眼睛一翻,又是一个新年头。你瞧,眼前咱们就又要选村长,举村代表,又高兴又热烈地开村选大会了。提起这件事,我的心就跳得扑登扑登的,你想这是多么大的一件事情,多么好的办法!人家把一个村子里的大事情,都一手交给你老百姓,由你自己做主自己办。咱们边区老百姓,今天就真有了这一份儿的资格。公家的事,再不是由几个有钱有势的人一手包办,由他去糊干。现在公家的事办好办坏,全看大家热心不热心,全靠大家拿出主意来。别看我也是一个粗手粗脚的庄稼人,眼前我就想出了一肚子的主意。我要告诉大家,今年边区的村选,可是第四个年头了。这四年,边区这样认真实行民主,心眼儿再不开通的老百姓,也该学会不少的大道理,学会不少办公事、管国家的新本事了。那么,今年的村选运动,就该干得大不同,就该更有办法,办得比从前好。今年开大会,我首先就要起来说话,不管我的嘴生得多么笨,我要把我想到的主意,村里哪些事该怎样办才会更加好,村里过去一年的工作哪些办得好,哪些还不够好,不管办事人是村长、是代表,我都要大着胆子地讲出来。我的话有错没错,让大家来批评。实行民主,老百姓都有资格说话,说话就不怕批评,怕批评事情就会办不好。自然,村里事事要办好,不光靠大家出嘴,还要靠大家事事认真干。参加选举,更要认真选。这我早拿定了主意,我把一村子的人,都想过了、比过了,我知道谁好、谁更好。今年我要选的人一定要比去年选的还要好。他是不投降,不反共,抗日积极,工作认真,做事真有本领的人。这样,我自然不会再闹笑话,到了写票的时候才抓瞎了。还有那些坏家伙,汉奸投降派，反共顽固派，他们今年也逃不过我的手板心的，我早看准了他们在干些什么事了，今年他要给大家选了出来，我就算不得是边区的老百姓。自然这不是我一个人的事情，我知道大伙儿都会像我一样热心，一样努力地干，不怕出主意、不怕出力、不怕出钱，从今年的选举干起，把边区的村选村建设都要办到头等的模范！

（《晋察冀日报》1941年2月8日，《老百姓》副刊第47期）

注意些，乡亲们！

张有福

亲日派和顽固派打伙儿暗害了人家新四军以后，还是装着人腔板起脸说："这完全是为了整顿'军纪'"。真是放他娘的臭狗屁！什么整顿"军纪"？新四军不是最守规矩的队伍吗？不守规矩，为什么听了你们的命令，就往北边走呢？老实说，不守规矩，你们还暗害不了他们呢！亲日派、顽固派这样说，正是□了咱们乡下的一句俗话："满嘴仁义道德，满肚男盗女娼！"

亲日派、顽固派为什么这样说呢？说起来就更可□了，他们这样说完全是想哄咱们老百姓！他们做贼胆虚，也知道咱们老百姓的性子直，对于他们这种没心肝的事是不会答应的。因此，他们就巧话逼得胡说，事先□出一套丧尽天良的话来，做暗害人家的借口，事后还是用那一套蒙混咱们老百姓！他们以为咱们老百姓是啥事不懂的大傻瓜，随便由他们哄骗的。可是哪儿有那样随心的事呢！他们的鬼心眼儿，谁不知道？不要说你们这些心里玲珑剔透的年轻人，就是我这个没用的老糊涂也能辨别开个是非。对于咱们老百姓，真是这些坏蛋们还没有"挖胶泥"，咱们就知道他们要"捏什么鬼"了！哄吧，有什么用处！

对于亲日派这些卖国的坏蛋们，咱们一定要叫他们完全滚蛋。就是对于顽固派这些家伙们，咱们老百姓也不能大意，因为这些家伙们已经坏了心眼儿了，那就什么事也能做得出来。我看这些家伙们，很能"一不做，二不休"，索性大闹一番，来整个儿谋害人家共产党、八路军和新四军（新四军人还多呢！）。要那样，中国就弄个乱七八糟，不光打不出日本鬼子去，反个儿，中国还有给日本鬼子灭了的危险。那样咱们老百姓就做了"亡国奴",子子孙孙也都做了"亡国奴",永世不能翻身!

我就不要问,这样的结果,咱们是谁也不愿意的。三年多了,咱们大家辛辛苦苦可做了个什么?谁能让这些家伙们把咱们做了三年多的事弄坏呢?因此,咱们大家要学乖些,注意顽固派们的行动,要是他们真的大闹起来。那咱们老百姓就应该出来,跟着共产党、八路军和新四军来收拾这个危险的场面!我不是吹,别看我老,那时我也一定出来打先锋!

(《晋察冀日报》1941年2月15日,《老百姓》副刊第48期)

怎样打算过好日子

李长工

人活一辈子,过的日子只有两样:一是好日子,二是坏日子。说坏,就是说俺穷;说好,就是说他富。自然,过日子,谁也愿好不愿坏,指望富不指望穷。可这也不沾,过早些年的旧日子,是只许官家放火,不让百姓点灯,只有有钱人的好日子,没有穷人的好日子。硬要打算过那时候的"好日子",就离不了这三件坏东西:一是发财,二是做官,三是害人。这原是一套,一有钱就不愁官,二有官更不愁钱,三还要有毒心、毒手。这才害得了老百姓,才会把混财发得多,官做得高,罪造得大!这时候真苦死了老百姓!那些只图升官发财的坏蛋们用不够的造孽钱,尽是咱们老百姓的血汗钱。钱出在你受苦人的头上,火也烧在你老百姓的身上。他们大斗小秤,拐骗敲诈,吃喝嫖赌,无恶不作,把骨头油也给咱们榨尽了!这样坏透了的日子,还叫"好日子"?你想,咱们今天,谁还要再尝尝它的滋味儿呢?

今天,抗战打日本,年头儿早大变了。早些年那个坏透了的日子,今天在边区外面,老百姓可免不了还要受它的罪,可是在边区里面,在有共产党有八路军领导的地方,已经再没有这样的坏日子了。咱们边区老百姓,已经开头过着平等、自由的新日子:人人有工做,有饭吃;不怕官,不怕兵;没有土匪,没有强盗;官由百姓选,兵是子弟兵,做官当兵,不是为赚钱,是为了给老百姓办事,真正保护老百姓。这才是真正的好日子!明天打走日本帝国主义出中国,咱们的日子更要过得好,全中国的老百姓日子都要过得一样好。要过这样好的日子,过去的坏东西要不得,新的好东西,也要有三样:一要努力抗战,二要努力生产,三要努力学习。自然好东西还多得很,这三样东西,可是顶要紧的东西,一样不能缺少,缺了一样,就是不曾打算过今天的好日子,更过不成明天更好的日子。不努力抗战,不参加军队,不参加各项抗战工作,今天命就活不成;不努力生产,不做长久打算,就日本帝国主义不来,也只好大家饿死;不努力学习,不改变自己,不求进步,活着也是糊涂虫,糊涂虫永不会过到新的好日子。只有抗战、生产、学习,还要加上努力干,才是今天咱们老百姓要活命、要救国、要过好日子的新打算。

(《晋察冀日报》1941年2月15日,《老百姓》副刊第48期)

亲 生 之 母

西战团儿童队　宋玉芬

妈在生我以前,祖父母简直用双手等着是个男的;到妈下生我以后,而是女的,这时,祖父母皱着眉头连话也不说了。妈看着可怜的孩子,没有力量地说:"可怜的孩子,只有妈来爱。"说着更加抱紧在怀里。

到了寒冷的冬天,妈不知把棉衣做得怎样厚,不知把炕烧得怎样热才暖。妈含着笑容给我做新衣,喂我饭菜,妈没有哪一天觉得麻烦。我是一直吃了妈的奶长大的。

后来,晚上在昏的小煤油灯下,我教妈识字,和妈讲革命的故事。妈学写字的时候,有点不好意思写的面孔向我微笑着。我说:"妈快写吧!没有关系。"妈带着微笑拿起石笔在石板上一笔一笔地慢慢地写着。在讲革命故事时,妈不顾一切,趁着头,细细地听着。妈就这样渐渐地认识了革命,也一步一步地深入了革命……

当妈给抗日军人做鞋子的时候,祖母说:"不要做得太密太实在了。"妈点点头嘴里不敢说什么话,心里想:"战士们整天在前线和鬼子拼,是非常费鞋的,要不做得密做得好,怎会穿日子多呢?"在做底子的时候,妈不敢多用了祖母的布,于是就把自己的布从屋中拿出来,偷偷地放在底子里边。做好了,妈用双手拿着叫祖母看时,祖母摸摸底子瞪着眼睛说:"怎么这样厚呢?在做以前,不是和你讲来吗?听到哪里去了。"妈低着头,心里想说而不敢做声。祖母嚷了妈一顿,说了些不好听的话,妈还是不敢做声。

十月的晚上,寒风凄凄地吹着,院中没有声音,夜是静默得很……忽然外面发生了枪声,妈惊慌地说:"哪里放枪?"接着机关枪大炮也响起来了。只听见叔叔在门外喊了一声："敌人包围村子了，赶快跑吧！"于是我和妈跑出。那时村里的人乱叫"爹呀！娘呀！"有哭的，有的小孩们连衣服都没有穿着，冻得叫妈……村子的三面都包围了，只有一面——北面没有敌人，于是所有的人都向北跑着……

天亮时，枪炮声更加厉害了，枪声如雨点似的打着，妈四五寸的小脚儿加紧了步伐，就拼命爬山。这时我已爬过了山头，妈刚要爬过山头的时候，被敌人发现了，一枪，我的妈倒了，风更加呼呼地大起来了。

妈死时，女儿不在面前；而女儿听说妈死了，心里急得像火烧一样，想去看看妈，又怕敌人看见□，是急得要死啊！

第二天，我从山那边村里来到家里，我一个人在路上走着，好像四面有妈的声音叫我，一路叫到家。到家以后，姐姐哭哑了声音泪流了满脸，简直没有力量地说："妈在场里！"我在进场以前心里布满了恐惧，走路也发抖，到场里以后一进棚看见妈在板上躺着，好像不是我的妈了：穿着蓝色的衣服，黑色的裙子，头上蒙着布，脸上盖着纸。我实在不敢看呀！眼呆呆地望着棚顶，待了一会儿，"我一切都不怕了"，心想自己的亲生妈有什么可怕的，于是咬紧了牙，把妈脸上的纸拿开，我吓得似乎要倒。看见妈黄黄的脸，眼睛闭着，嘴唇都是白色的了。啊！我的妈……我的可怜的妈！我的慈爱的妈！我的深入了革命的妈！你现在不能斗争了，只有我抱紧仇恨去参加革命的斗争……

在妈进棺材的时候，我愿妈睁开眼睛和我说最后的一句话，而妈的灵魂已飘到别处去了，我望着妈的眼睁开，但终究没有睁开眼……

埋那一天，我的热泪流干了，眼睛也肿起来了，声带也哭哑了。唉！我没有力哭了！……在妈入土时，我只用哑的声音喊最后一句"妈！"……

当那天晚上，我睡着不舒服的觉，半夜时没有一点声音，屋中只有点着的小煤灯。心中似乎觉得妈还在我的身旁摸着我的头一下，我从梦中醒了，睁开眼一看什么也没有……我闭紧眼睛，钻进了被子不停地发抖，一直到天亮满屋的，恐怖才渐渐消失了。

（《晋察冀日报》1941年2月16日，《晋察冀艺术》副刊第6期）

砍　　刀

小童

奇儿从泥土色的牛皮鞘里抽出了他宝贵的砍刀。

砍刀亮了。他的小眼睛也亮了，滴着很多的泪水，这像几千把砍刀都亮了，都亮了。"奇儿！将来要用砍刀替爷爷报仇……"爷爷临死的时候说的。爷爷当长工被人害死已经三年了，他好容易长了三岁，现在是十四岁。他能举起大砍刀了！

八月的夜，风吹着大砍刀上的红绸子。

红绸子像儿童团一面一面的小旗在正太路上飘起。

"小腮子，奇儿，你们拔钉子吧。"

脸上□一颗黑痣的大队长笑着，摸摸他们的砍刀，顺便这样开了一个玩笑。

"把砍刀□把我，奇儿。"

"不呢，我要替爷爷报仇……"

他们大家伙儿一块儿拔钉子，拔得好快。铁轨就一根根地往山里扛了。"这些铁能做多少砍刀呀？多做些枪也好。爷爷为啥不留一支枪给我。"奇儿心里想。

我们的大炮在夜里更响，似乎要把一切黑暗的地方轰它个光。就那么响。后来不响了，天刚亮，机关枪嘟嘟地，别的枪□卡他，快打到他们这边啦，有些子弹碰上铁轨"卡"地过去了。奇儿的心抖抖了，身上乌黑的小汗毛直绷绷的，但他拼命地抽出了那把砍刀。

子弹把砍刀击到地上，鲜红而年轻的血从树枝一样的腿柱上滴到地上。

□队长一把把受了伤的奇儿抱起来，奇儿喊着："我要替爷爷报仇！我要……"

阳光照到砍刀上。

砍刀□着血亮着。红绸子卷着晋察冀孩子的心向天空高高地飘起。

一九四〇年十月

（《晋察冀日报》1941年2月16日，《晋察冀艺术》副刊第6期）

八路军要跟咱们一块儿干到底的

张有福

自从日本鬼子打进咱们中国来以后，整个华北便变成了乱七八糟，多少人们的爹娘儿女教日本鬼子杀掉，多少人们的田园财产教日本鬼子烧光抢光。多亏八路军开到咱们边区来，和日本鬼子硬打硬干，咱们边区才得没给日本鬼子占了；咱们边区老百姓，才得没给鬼子做了牛马，安居乐业。不光是这，因为共产党和八路军的努力，现在咱们边区反比从前好多了。从前咱们几时选过县长、区长？几时能念书识字？从前咱们多会儿有过减租减息？……现在这些都办到了！这都是人家共产党和八路军来才做到的。去年人家共产党还出了一个《双十纲领》。按照那个纲领做下去，就能使咱们边区的男的、女的、老的、小的、有的、没有的，都得到好处。前些日子，建屏县游击区和敌占区的一些先生们，组织了一个参观团，来咱们边区根据地的内部来参观了一下。他们看见咱们根据地里做了的事，样样都好，心里羡慕得了不得。他们感动得厉害，给聂司令、宋主任写了一封信说："边区真个做到'路不拾遗，夜不闭户'了。它真是新中国的一□样，我们乐得都不想回去了！"的确是，拿咱们边区和敌占区比一下，恰是一个在天上，一个在地下！我再说一句：咱们边区能这样，完全是人家共产党八路军的功劳！

共产党、八路军，还有新四军——它也是共产党的军队——不光是对边区，对什么地方都是这样干的。可是咱们中国的亲日派、顽固派这些坏了心眼儿的坏蛋们，就因为人家共产党、八路军、新四军好，得到老百姓喝彩，却时时谋算暗害人家，反对人家，消灭人家！前些时，咱们都知道了，他们把人家新四军的万数来人暗害了！以后，他们也并没有改悔，还是一直想暗害人家，并且越来越凶了！

就因为这，那天我记不得听到谁说：说八路军要离开华北了，边区也是华北，自然也要离开了——说这话的倒很少，不过，按我想，这话实在是不对的。第一，共产党、八路军是顶爱老百姓的党和军队，这由过去许多事都可说明，它哪儿能舍得下华北——咱们就说边区吧——的老百姓不管便走了，让日本鬼子欺负呢？第二，边区是打日本顶重要的一个地方，共产党、八路军是打日本顶坚决的党和军队，它哪儿能把这个重要的地方不管了，走了呢？第三，我们从前就听人说过，共产党、八路军从开头打日本的时候，就决定要在华北建立抗日根据地，打游击，共产党、八路军是说什便什的党和军队，现在哪儿能因为亲日派、顽固派的胡闹、捣乱就改变了呢？再说，亲日派、顽固派现在的捣乱和胡闹，并不是什么新鲜的事，人家共产党、八路军老早就知道他们要这样胡搞的。今天自然也不会因为这，就离开华北和华北老百姓！听说报上也登着：人家共产党和八路军说，不论亲日派、顽固派怎样胡闹，不论日本鬼子怎样"扫荡"，不论敌后抗战怎样苦，他们是一定和华北老百姓，边区也一样，一块儿共同干到底的。这话，没有一点虚假，的确是真的。

那究竟因为什么传出他们要离开华北的话来呢？我想有两个原因：一个是一些拥护共产党、八路军的人，担心恐怕他们走了，说出来的；第二个就是一些汉奸分子说出来，专门惑乱人心的！这两个原因里，还是第二个的份儿多。咱们老百姓，应该了解八路军、共产党的做法，不听那些坏蛋们的鬼话，心里安定下来，该做什么还做什么才对呢！

（《晋察冀日报》1941年3月23日，《老百姓》副刊第53期）

踏着先烈的血迹前进

——纪念黄花岗殉难烈士

三月二十九日是黄花岗七十二革命先烈殉难的日子。在三十年前（一九一一）的今日，一批中华民族的优秀儿女，为了解除异族的残酷压迫，推翻满清的黑暗统治，曾英勇地举行了广州起义。这起义被满清政府镇压下去了，七十二个优秀忠勇青年就在这天被满清政府屠杀了。但这并不就是事情的结束，接着来的是五个月后的武汉起义。武汉起义推翻了满清的统治，肇造了民国的纪元。武汉起义的成功，黄花岗烈士的英勇牺牲、壮烈殉难，曾给予了极大推动！

黄花岗烈士在三十年前的此日，他们的肉体是牺牲了，但他们的精神却并未随之死灭。它寄托在了每个有血性、有良心的中国人身上，将一代一代地传递下去。为了解放中国人民，黄花岗烈士的血是流尽了，但这血凝成的灿烂的血花，却将随着中华民族的生存开到千古！

满清政府终于被推翻了，辛亥革命成功了，中华民国的大旗建树了起来，这是黄花岗烈士所希望的，这应当使肇造民国而死难的烈士，瞑目于九泉！但辛亥革命成功以后的事实，却不能不使诸烈士在九泉之下含泪喟叹！民国以来，先则有封建军阀的割据争雄，□复有大地主大资产阶级的叛卖革命，始终没有能够使中华民族民主的革命事业臻于完成。也就由于这些，到后来便更招来了日本帝国主义的武装进攻。及至今日，寇深祸急，而大地主大资产阶级的顽固派，又复想重温其一九二七年叛卖革命的甜梦，他们决心反共，发动分裂：兴筑西北封锁线，驻屯大军，包围陕甘宁边区；派遣华中"剿共军"，唆使其各地爪牙，进攻新四军、八路军；到处捕杀共产党员及爱国人士，到处摧残进步人民；剥削人民各种自由，夺取人民各种权利；查封书报，迫害文化出版机关；特别是在皖南，他们对新四军万人更进行了残酷的大屠杀。凡此种种，都是反共顽固派背叛民族与人民利益的罪行！顽固派要使中国人民陷在"如水益深，如火益烈"的苦境中；要使中国人民变成日寇随意鞭笞的奴隶，中华国土成为日寇铁蹄践踏的沼泽！

顽固派的罪行，给中华民族造成了极其严重的危机。目前日寇乘顽固派发动内战时机，各处都采取攻势，加紧进攻，而顽固派更置全国人民的呼吁于不顾，怙恶不悛，继续其倒行逆施，加紧其压迫人民和反对进步。如果全国人民对之不加以制止和制裁，则中国国运，诚属可惧！当此之时，却值黄花岗烈士殉难纪念日的到来，这一方面使我们对今日顽固派背叛革命先烈的罪行万分痛愤！同时也使我们体念诸殉难烈士为民主革命之忠忱和英勇牺牲的精神，更加百倍兴奋，以钢铁一样的信心，坚决和革命敌人外敌内奸斗争下去，直到取得革命的最后胜利！

(《晋察冀日报》1941年3月29日)

从战斗中成长起来！

——记平山十七区的大枪班

徐风

远在一九三九年冬，敌人占据了回舍镇以后，平山十七区民众便开始遭受着敌人给予的更直接、更深重的迫害与灾难，敌人继续不断地烧杀、抢掠、奸淫……使平山十七区的人民再不能忍受了，在激愤的"武装起来保卫家乡"的口号下，大枪班也就□时在一九四〇年春天成立了。

大枪班是回舍附近人民自动组织起来的群众武装，是一支出色的民兵，在无数次的战斗中壮大起来的。

开始只有五六个人、两支大枪，便与敌人展开了游击战争，担负起了消耗敌人、疲惫敌人、扰乱敌人和打击敌人的任务。接着东回舍、西回舍、南水、北水等的热血男儿，便成群结队地涌进大枪班的队伍里。同时他们也在不断的战斗里，不断地解决着弹药枪械的困难问题。这样，仅仅一年间，现在大枪班已经是有将近一百支枪和几百个战士（他们大半用的是土炮、火枪之类）的人民的劲旅了。

当百团大战洪流似的在各地掀起的时候，大枪班也抬着两门土炮夺回了敌伪十二支步枪。去年十一月，敌人抢去回舍附近一百二十个青年，强迫他们受训时，我们的大枪班曾经不避生死地冲入回舍，终于将这一百二十个青年拯救出来。

大枪班在平山十七区是敌人最怕的"土老虎"。一年来，大枪班的无数次光荣胜利的战绩已经是够惊人了。按照不完全统计，大枪班曾毙敌七名（内有敌司令官一名），伪军一名，击伤敌人二名，捉获汉奸七名，俘获伪军十二名，宣抚□□□，缴大枪十七支，解救被抓去青年一百二十人，烧毁敌营房三十间，破袭敌人岗哨掩护□二个，堡垒一个……

在大枪班的活跃中，平山十七区各地群众的游击战争更广泛地开展了，孟耳庄、西大吾、东沿贝、西沿贝……也都纷纷地组织了"大枪班"，现在已经□编为游击大队了。

敌人虽然想尽了一切办法来破坏与限制我人民力量的活动，目前正调三百余兵力对我十七区进行残酷的"扫荡"，并且重新增加堡垒十个，然而，我们自信平山十七区的大枪班将会更加强大起来的。

(《晋察冀日报》1941年3月30日)

母 子 俩

凌征

牛锁子牵一只大绵羊从主席台边滑过去。

两颗闪亮的眼睛,给大伙儿钉住,低下去,瞧着脚下暗黄的泥土,一步一步踏进去。胖胖的两颊,像冬天的柿子一样羞红。

"年岁小,害臊啰。"一个女人笑微微地说,拿手摸一摸站在旁边的儿子的头发。

"娘,俺也要做模范?……"

"你不沾。"

"怎么不沾?"

"不沾就不沾。"母亲笑一笑,爱怜地拉住儿子的摇动的小手。

"俺是儿童团员,他也是儿童团员,怎么你就说俺不沾?"儿子不服气地反抗着,用劲挣开给母亲握住□手,跟着一群人走过去了。

牛锁子走到杨树边,他的堂兄弟替他把大绵羊拴在杨树上。牛锁子兴奋着摘下头上簇新的儿童帽,快乐地笑了,爱抚着。这是刚才邵专员亲手奖给他的奖品,和那只大绵羊。

"这顶帽可强?"一个穿着箕布衫的儿童瞧着问。另一个穿紫花布衫的儿童团,走过来,抢着说:

"你没啰。"

"你□有?呸!"穿箕布衫的儿童团生气地骂了,在地上吐一口痰,走开了。

母亲追着儿子,走到一群围住牛锁子的孩子们这边来了。"二拴!"母亲低声地叫一声她的儿子。

"娘,俺也要一顶新帽。"儿子指着牛锁子的儿童帽,对他的娘说。

"真羞人，你是不是模范？……"

"俺要帮助抗属生产，你骂俺不沾，你害俺不能做模范。"儿子埋怨着娘，伤心地哭了。

"这么多人，就哭起来，不害臊？"

儿子更伤心地痛哭起来了。母亲瞧着眼泪汪汪的二拴忏悔地说：

"不要哭了，明年给你做模范！"

一九四一年春 于河北

（《晋察冀日报》1941年4月1日，《晋察冀群众》副刊创刊号）

两个十一岁的儿童

——介绍行唐的劳动小英豪

田宁

张英年是行唐二区黄龙港的。今年是十二岁了，可是在去年春耕的时候他才十一岁呀！你猜他在春耕中做了多少事？真比大人还强，他一个小小孩子，开了六亩荒地，植树五十棵，给抗属打柴一百斤、抬水十一次。

有人问他道："你这样小的年纪，怎么会做这许多事呢？"

他说："不在年纪大小，只要肯干就行！"

☆☆☆☆☆☆

高守业也是个小同志，他和张英年同岁，也是行唐二区的，他住的村名叫高家庄。你猜他怎么样？比张英年也不赛（差不多），在去年春耕中，开了五亩荒地，植树二十五棵，养鸡六只，给抗属拾了四担子粪、抬了二十次水、打了三百斤柴。

他常常对别人说："帮助抗属生产是最光荣的！"

（《晋察冀日报》1941年4月1日，《晋察冀群众》副刊创刊号）

春耕短曲

第河

区妇救会主任讲完了话，掌声像下雹子样响起来，两三个不挺积极的妇女靠树根坐着，眼望着不远的滹沱河，心里想着别的事情的，这时也被掌声惊动，猛地一震，随着也跟大伙儿叫起了口号。

大伙儿却被主任的话闹得挺兴奋，口号的骚动声里，都说不出的，心里"卜卜"地跳动，涌上一股股甜味，大伙儿又都在闹的声浪里约莫下定了决心，一准要努力春耕。

"俺说几句话吧！"

刘大娘站起来了，她整了整衣服，两□小脚在泥地上颠簸着，好像站不稳。

闹声渐渐小下去，她说开了话："俺是抵不住青年妇女们强了！俺可准要加油，俺号召年上跟俺一起春耕的，俺们还在一起，大伙儿都跟着黄泥焦金英比一比劲……"

她的手一挥一挥，暂时静下来的妇女没等她说完，又问起了："俺还跟你！俺准要开十亩荒……"

"俺要种菜……栽树……"

"刘大娘！……拥护刘大娘！"妇女们比以前更闹了！围□□刘大娘□乱糟糟地，而她的小脚颠得更厉害了。她年上就是领导洪□妇女们春耕的，这会儿她的号召，比年上还热烈地被□应，而她，夹在热的闹声里，话也快说不清楚……

"俺……俺还说一句，俺们要进步！今儿个不比年上，今儿个要比年上还多加些劲□□□□多……"

更响的□□□□她的话了□□□□个不大积□□□□□了她，

□□□□干。

口号声□□□□声□□□□□□流声夹在□□□□得那么大啊□

太阳透过新绿的树叶，照着这群拥着抱着刘大娘的妇女们，大伙儿的脸乐得通红的，刘大娘的特别红亮。

三月二十八日

（《晋察冀日报》1941年4月1日，《晋察冀群众》副刊创刊号）

中国孩子在苏联
——一个中国儿童从苏联寄回来的信

岸青

亲爱的同胞们！我想你们一定很想知道我们住在苏联的生活吧！而且我也□愿意告诉你们关于我们的生活，我们现在在俄国学校里学习，我和□的小朋友们住在苏联是很快乐的。

我们□□，上早操，操毕就洗□吃饭。吃饭时是不准说闲话的，要安静，饭毕我们大家就提起书包上学去了。回家时我们到外去玩一会儿，以后就吃中饭，饭毕，过几十分钟就打铃睡觉，经过一点半钟就打铃起床，以后不过几分钟就打铃吃茶点，茶后不过几十分钟就到自习室里去自习。自习时间是不一定的，只要你把功课做完，就可以去玩；如果你不做完工作，那就不准去玩（除了生病）。不过一小时，我们的工作就宣告完毕，于是我们就一同去玩，有的骑自行车，有的打台球，有的弹钢琴，有的就□图书馆去看书，有的练足球，有的练篮球……总之，谁愿意玩什么就玩什么，每天□们总在休息的时候组织□种□□，一直玩到吃晚饭，饭后又玩。每过□天读□次报，因为我们很关心祖国。每过五日休息一天，每六天□少有一次电影看。我们常到工厂或博物馆去参观，并到我们苏联小朋友家中去做客。现在我们已经于六月八日在俄国学校中总考完了，考的成绩很好，二十七人中有二十五个优等生，原因就是我们很关心自己的祖国，大家都想学好了就可回国，为中国人民的利益而斗争。同胞们！使我最感动的就是苏联人民及其政府对我们的关心，像对自己亲生的儿子一样。他们（苏联及苏联的人民）给了我们衣、食、住和学习的安全保障，生病时可得医药上和医治的保障，并尽量使我们的生活幸福化。他们对我们中国人民也是很同情的，并给了中国人民以□神上的极大援助和个别的援助等。由于他们对我们的关心，所以我们总考完后，就到南俄去休养三月。我听旁的小朋友说："那边比我们现在住的地方还要好，有很好的房子，有各种球场，有图书馆，有电影院，有大小球台，有体育场，有很美丽的风景，有河有山……"我想我们到那边，一定能使我们的生活更幸福化，使我们的身体更强，这就是我们的幸福生活。

一九四一年×月×日

（《晋察冀日报》1941年4月4日）

教孩子做模范儿童

长工

今天是四月四日,是个顶好的日子,是咱们中国的孩子们过□节的日子,大家要给孩子们欢天喜地地来□□童□!

过儿童节,就是要当大人的更关心孩子,要孩子更努力,更喜欢,更进步。这是件大事情。

中国是个大地方,中国有很多很多的儿童,他们都是新中国的儿童,中国正在打日本,儿童都是打日本的小英雄。打倒日本,儿童就是新中国的主人,中国儿童的□□□大,往后的担子也很重!他们要彻底解放自己,要彻底解放全世界受苦受难的人们。

今天,中国有共产党,有毛泽东同志的领导,中国有了大救星,儿童也有了好榜样,咱们新中国的儿童们,就都要学共产党,学毛泽东,学抗日的大道理,学救国的真本领,学革命的大志气,学高尚的好人格。

咱们儿童都有一颗学好的心、抗日的心,都有一颗干净的心、诚实的心、聪明的心,都要把这一颗心更往好地炼,炼成铁,炼成钢,练得更勇敢、更诚实、更干净、更聪明,练成共产党那样,练成毛泽东那样!

没有长心肝的人才是不关心孩子的人。养孩子、照顾孩子、教育孩子是大人们的责任,是咱们老百姓每个人的责任,要知你家大人好不好,就要看你家的孩子是好是坏。

不要拿孩子出气,不要打孩子、骂孩子,事事要给孩子讲理,咱们孩子们就是喜欢讲理。边区孩子已经做过了许多抗日的大事情,还要做出更多的抗日救国的大事情,只看你会不会教孩子,对不对得起国家，对不对得起喜欢进步的孩子。

好□，今年儿童节大家来赛一赛吧！看往后谁家养的孩子是模范！看谁个孩子是儿童的模范！

第一，努力抗日工作，不偷懒。

第二，努力生产，努力春耕，又会节省。

第三，努力学习，天天有进步。

第四，讲道理，爱团结，不打人，不骂人。

第五，爱干净，讲卫生，会下军操，会做有道理的游戏。

只要大人们肯帮助，孩子们肯努力、肯用心，这几条是很容易做到的。做到了这几条，就算是边区的模范儿童，就算是新中国的模范儿童！

（《晋察冀日报》1941年4月4日，《老百姓》副刊第55期）

边区儿童和大后方的儿童

□一

在从前,儿童是向来被人们瞧不起的,大人们不是说:"小孩子懂什么!"就是说:"小孩子能有什么用呢?"其实,儿童只要领导得好,组织得好,一样能办很多事。像咱们边区的儿童,就是有组织的,哪村都有儿童团;也是有正确的领导,处处还都受边区党政军当局的爱护和帮助。谁不知道呢?边区儿童三年多来,无论在选举运动上、生产运动上、民众教育上、除奸工作上、宣传鼓动工作上,还有优抗劳军工作上,都有很多很多成绩。在反"扫荡"中间,儿童们更不怕牺牲地探消息、送信、给军队领路、帮助看护伤兵,比大人们做得还有劲呢!边区的儿童为什么会有这些成绩?这不光是因为有组织有领导,也是因为边区儿童的生活改善了,他们不再受那些没道理的虐待。不管有钱人家还是穷人家的儿童,都一样能够念书,所以他们的知识不断增长,政治认识大大地提高,在参加抗日工作上,更有充分的自由。

可是说起大后方的儿童来就不同了,因为大后方是顽固派统治的天下,那里的儿童们还和以前差不多——不,比以前还不如啦!不是吗?顽固派一天比一天反动了,大后方早已闹得非常糟糕,儿童们自然也免不了要遭殃。他们的生活更不如从前,他们要求进步,顽固派偏要他们反动、倒退,偏要他们一个个都做小傻瓜。有钱人家的儿童是被关在学校里念死书,并且念的书也不是进步的,书里的话都是叫儿童长大了要老老实实地受压迫、受剥削,还要用反共思想麻醉他们。甚至有些更坏的学校里,连抗战歌子都不让唱。儿童们在学校里念书也是很苦的,一口不好就要挨打、挨骂。他们有时也想出来做些抗战工作,可是顽固派又不答应,说小孩子只应该坐在屋子里念书,不准出来多管闲事。你说这有多么可恨啊!说到穷人家的儿童那就更可怜了,他们没吃没穿,更没钱去上学,简直连那有钱人家的小狗还不如啦!还有些小难民,他们的家被敌人占去了,他们只有跟爹娘流浪,大后方什么东西都贵得要命,真没法生活,他们有的去要饭,有的没饭吃就饿死了。只有那些大官们和资本家们的孩子可以享福,最大多数的儿童们却都在受苦受罪。

不用多说了,反正大后方的儿童是倒霉得很:他们的生活越过越苦,他们没人好好去领导,他们也没有组织,他们更没有抗日的自由。比起咱们边区的儿童来,真是一个天上一个地下呢!当然,我们对大后方的小朋友们是非常同情的,我们要反对顽固派压迫儿童、残害儿童的罪恶行为,我们要援助大后方的小朋友们去求得自己的解放!

(《晋察冀日报》1941年4月4日,《老百姓》副刊第55期)

摧残青年的劳动营

王中

"劳动营"这件东西是法西斯国家发明的办法,是将许多青年逮捕起来,用武装禁闭在一个地方强迫做工。目的是巩固野蛮的独裁政权,镇压要求自由、要求民主、反对战争的青年。想不到我们中国竟也有些人学着利用这种工具,来囚禁前后方抗战青年。他们看到一批批从大后方、从陕北走到各个抗日战线上去的青年,在同敌人斗争中,显出了很大的力量,为了阻止和消灭抗日力量,他们便成立了这个杀人不见血的牢笼。在短短四五个月内,扣押四五百优秀青年,这些青年百分之五十是住过陕北学校的,百分之三十是从大后方来的,百分之十是曾到前方打过鬼子的。他们都是对抗战很坚决,对抗日胜利有高度自信心的干部。而他们被扣留的罪名,即是"拟到陕北"和"到过陕北"。

劳动营组织状况

劳动营的生成经过两个阶段,它的前身是战时干部训练团第四团特训总队,后来因为要转移各界不满的舆论,就换汤不换药地改名为劳动营,在实质上都比原来更加厉害、更加凶暴。劳动营的营本部和第一总队设在咸阳,另外在河南洛阳、甘肃兰州二地各成立了一个独立大队,咸阳总队分二大队,有甲、乙、丙三级,甲级是高中程度,乙级是初中程度,丙级是小学程度。

教育些什么?

劳动营教育的基本目的是消灭同学们的抗日思想,改变同学们的救国意志,挑举和培养特务工作者,来破坏团结和进步的抗日力量。

因此，它没有像样的政治课程，它的课本便是托派刊物《抗战与文化》以及汪派汉奸的书籍，如叶青的《中国政治问题》小册子之类；此外就是一些老古董，什么王阳明学说，什么周易，等等，不一而足。《孙中山全书》一类的书都没有人提倡。托派丁逢白是学校最推崇的教官，所谓政治队副，就是做特务工作者，他的任务只是专门考查学生思想。军事教育注意什么，想来就不必多说了。

一点自由都没有

劳动营里的"囚犯"是禁止出门一步的，前后门和房子周围都有带刺刀的卫兵把守。你如到门口去望一望，就说你有逃跑的可能，你假如被他们"看得起"，你到厕所去、到操场散步去都有人随时监视。在这里，实行着所谓□人连□保。若有一人跑了，其他四人都要坐禁闭室。政治队副，曾说过一句"名言"："要知道我们是一党专政的，没有什么客气的必要！"因此在劳动营里，会议不是"会""议"，而是强迫参加和强奸民意。例如，每星期虽然也开所谓生活检讨会和学习小组会，但是这些会上讨论的题目是由"上面"规定的，而且还发"提纲"。规定："同学"（同囚而已）们发言，不能超出提纲范围，否则就是思想不正确。因此，同学们都不敢发言，逢到开会就都推说没有意见，逼得没法，只好念一念提纲敷衍了事。有一次，一位同学不小心说了："……学校好似难民收容所。……"话未说完，队长就逼他说明理由，那位同学解释说："我是说没有改组以前的情形。"那位同学结果还是被送到卫兵连去坐禁闭室，一到那里就被脱去棉衣，而且晚上不给被盖，直到冻得生病。这就是在"生活检讨会"上积极发言的结果。其余教官们对学生们开口就骂、动手就打等等行为，更是层出不穷，一言难尽。这里大多数青年是隐忍着，准备着这一天的到来："以眼还眼，以牙还牙，洗清耻辱与仇恨！"但是也有许多意志比较脆弱的青年，因为不堪痛苦，想逃跑又无法逃跑，于是只得低头哭泣，愁闷苦恼、悲观厌世，悲叹自己的前途，对抗战建国的事业感到失望。于是有的想上山修道，有的想回家务农，但是上山无路，回家无门，还是得在劳动营里消磨青春。一到这里，除非你甘愿做走狗，去做"倒退""摩擦"的勾当，把自己变成堕落腐化的人，是休想走出营门的。

天天过着痛苦生活

劳动营早晨要升旗，天气很冷，官长穿着皮大衣、长皮靴、带电皮手套、皮帽子，天天站在台上讲话，不是说"八路军游而不击"，就是说"苏联是赤色帝国主义，对中国抗战没有一点帮助"，都是昧尽良心、违反事实的话。一讲就是一个多钟头，但是同学们在十二月的冷天，都还是赤足穿草鞋，在台下站立着，有的冻得跌倒地上，官长还骂："没用东西，官长不冷，你们就冻死了，你们这样没用，还想喊打日本！"夏天就不是这样了，换了新方法，不论是个人还是一个队，只要教官不高兴，他就站在操场中央，喊起口令，尽教你在毒热的太阳底下圈着他跑，不知多少人就这样晕倒了。

至于说到吃饭问题，更是痛苦异常，名义上公家每月发九元大洋伙食费，但是一天只发六个馒头、三四碗汤，馒头愈蒸愈小，同学们都吃不饱。有一天，一个同学向伙夫要了多余的一个馒头，被官长看见，竟怒气冲天，大发雷霆，处罚那个同学跪下，叫别人吐口水到脸上，骂出"没人□的东西，真不要脸，无廉耻的东西！你不要脸，抓破你的脸皮，要吃饱，偏不给你吃饱！"等一类非人能说得出的话来。有病的同学，真被他们看得比狗还不值钱，大冷天仍旧穿着单衣，睡在床上呻吟着，大小便时，只能披着被子上厕所，既难得医生来诊治，更得不到药物，这样牺牲了不少青年的生命。

怎样打死了同学

劳动营里的青年，除了前面所说的挨打、挨骂、□禁闭室、罚跪地、饿肚子、受冻等非人的惨痛的生活以外，还随时会遭遇到生命的危险。有一位朱姓同学，因为略不小心，就被处罚坐禁闭室，在禁闭室内，因唱《义勇军进行曲》被指导员命令卫兵把他用绳子捆起来，五六个人轮流用脚踢、用皮带打、用针刺手指，只打得头破血流，惨不忍睹。队长还说："应该打，打得好！"结果不到二天，朱同学便因受伤过重而悄悄地死去了。

"同学"们在反抗着！

"压迫力愈大，反抗力越强"这个定律，在劳动营里当然不会例外。劳动营里，"同学"们与恶势力斗争的精神是值得我们钦佩的。朱同学死后，全体"同学"大愤起来，纷纷向总队长提出抗议，要求保障"同学"们的生命安全。总队长知事不妙，派大队长出面调解，终究不得不把杀人凶手——指导员——送县受押。一场人命案子，虽然就这样轻轻了事，但，这也就说明了尽管他们怎样实行野蛮的高压，而终于是禁遏不住"同学"们的反抗的。此外，"同学"们编了许多反抗"学□"的歌曲，背着教官偷偷地唱着。这些都表明了同学们不是羔羊，不能任意遭人欺压，他们的心中正蕴藏着、积聚着反抗的力量！

起来！粉碎这黑暗地狱！

看了上面这些惨痛情形，所谓"大时代产物"的劳动营，简直是帮助日本屠杀青年、毁灭民族的刽子手，是禁闭干部的监狱。我们要提请国人，调查劳动营的主持者是什么分子。我们应向全中国爱护民族国家、主张团结抗战、反对分裂倒退的人士呼吁，一致起来，反对这种反动的行为，立即取消"仇者所快、亲者所痛"的劳动营！

（《晋察冀日报》1941年4月5日、4月6日连载）

卖 身 契

赵鹏

贵子正在吃饭，听见外面有人叫他，忙地打开窗子一看，原来是他的同学和子来叫他。他说："和子！你叫我是不是捉鱼去呢？今天是星期日吧？我们可以很痛快地到河沟里去捉鱼去啦！你叫了登梨了没有？他可会捉鱼啦……"

"你别瞎扯了，昨天刚过了星期三今天就会是星期日了？你快吃饭吧，大家快上课了，你哪天都比我吃得慢。"和子把他的话打断了。和子一面说一面走到贵子家里。贵子吃着饭和和子讲话，贵子说："今天都上什么课你知道吗？"

"上算术、国语、手工……"和子很平常地回答着。因为他很注意每天的功课。

"手工是不是拿线做花？"

"是吧。"

"那我快去向我母亲去要点线去，要不——那上课时就抓瞎了。"贵子一面说一面吃着饭向他母亲房里去了，在他母亲的包袱里翻了一大回，最后翻到一个小红包，心里想这块红布倒不错，于是满心欢喜地去拆它，猛然间被他母亲看见了，母亲一把把他拉住，恶狠狠地说：

"你！——你敢动！动了就要我的命啦！你快到学校里去吧，不要在家里胡闹啦！"他的希望到现在已化为泡影了，于是怀着一颗冷冰冰的心到学校里去了。

先生的话一点也听不进去，"要命"这句话尽在他的脑海里旋转，"要命"，他的小眉头皱了几皱，轻而有力地说出来这两个字，怎样这样重要、这样秘密呢？真使□难知道……我早晚要看看它，心像小鹿一样在肚里乱撞，但到下午和同学们玩起来的时候，一颗小心就飞到半天空了，什么都忘了。但是当他□一走进家门，特别是看到那小红包的时候，他就又想起了这件事。

有一天母亲到外祖母家去了，父亲也不回家来，贵子正在吃饭，忽然想起了那个小红包，于是他放下饭碗，到门后头去拿钥匙。他把门一关钥匙没有了，被母亲带走了，他想不出办法来，急得很，忽然想到张大妈那里也有一把同样的钥匙，三步两步跑到大妈家里。

"大妈！你的钥匙呢？借给我用一下吧，我娘把钥匙带走啦，给我开下门吧。"贵子很恳切地借。张大妈是个瞎子，看不到贵子已经吃过饭了，于是张大妈把钥匙给了贵子。贵子喜欢得了不得，拿着去开箱子，看见了小红包，把它带到一个很安静的地方去看。心剧烈地跳□着，用颤抖的手把上面的封字拆坏看，里面写着"立契约人刘××，今把儿子小林（注）卖给赵来喜膝下为子，价洋九十元。"他看见了这张纸，心里好像刺上几把刀一样，他那大□□□泼的小脸上笑容渐渐消失，眼眶里晶莹的泪水伤心地扑□簌地流了下来，那两颗眼睛凝视着那张纸，他狠狠地咬紧牙关，"九十元，唉！"他的身体无力了，四肢绵软了，呼吸急促了，他用尽平生之力去撕那契约……不幸他倒下去了，不省人事了。

少刻，和子又来叫他上学去，一看他倒在垃圾堆上，手里拿着一张纸，牙关咬得紧紧的，眼睛瞪得那么大、那么圆，青灰色的脸上留着两道泪痕，叫了几声"贵子哥，贵子哥，你怎么啦！"把他扶起来，灌了他点水。他醒了，看了看和子，他喘息不定地说："你……你……看……"

"贵子快开来！贵子！"和子仔细听了听！原来是贵子母亲来啦。和子把他放下，爬墙走了。院里没有别人，只留下在斜阳映照下的秃墙旁的贵子在那里呻□和门外母亲的喊声。

（注）即贵子原来的名字。

联大少年队儿童文艺小组稿

（《晋察冀日报》1941年4月9日，《晋察冀艺术》副刊第11期）

重庆的女工生活

挹莹

　　重庆的女工约有四千之众,其中有熟练的工人,有刚进厂的新手,有目不识丁的文盲,也有中学毕业的知识分子,有不满十岁的小姑娘,也有白发苍苍的老太婆。为什么会这样复杂呢?理由很简单:后方米珠薪桂,一般人不能生活,工厂老板因为女工可以少给工资,这样自己可以多装腰包,从报纸上广告栏中常登载的"本报招收女工,待遇特别从优"以及"本厂招收未婚女工……"这类广告中看去,这就足够明白其中奥妙了。

　　照规定,工作是分日夜两班,每班工作在十二点钟(老实说,这已经够受了),但是有个别的工厂,常把上工时间拨快,下工弄迟,无形中,一两个钟点常被剥削掉。在那里,是不过"礼拜"的,一月只允许请假一次,偶尔遇到什么假日,却又被厂方利用去做"精神训话"。因之,不少的女工们是数月不得休息。在这样长的工作时间下,身体的疲劳往往不能恢复(有的甚至积劳成疾,不治而死),当然更谈不到什么教育、学习和娱乐了!

　　工资的计算,在纱厂里有两种方法:一种是按件计资,就是熟练的工人,一天也只能得到七角五分至一元左右的工资;另一种是以日计资,每日可得工资三角,这种方法,大都是用来对付生手的。但是在这低微的工资中,还得除过每月的伙食、杂费、灯等开支,遇到有病请假或警报,老板们还照例要扣工钱的。在重庆今天每斗米二百元的生活程度下,她们的生活情形是可以想见了。再加以寝室的狭小阴暗,难怪她们个个面黄肌瘦,常常遭受疾病和死亡的威胁了。

　　重庆的工人都记着,去年六月八日是一个悲惨的日子,就在那一天,在敌机狂炸下,×百多女工在火光烛天中,停止了她们最后的呼吸,这次死难的女工不是死在被炸的防空洞中,而是死在她们的机器间,因为厂方一般是不让工人防空的。以后不久,敌机又频繁光顾,某厂的女工大部还未进洞就弹下如雨，于是女工们只好向就近的防空洞奔去。就这样，一个女工在厂警的枪声下受了重伤，因为这是职员的防空洞，女工无权去钻。

有一个叫作冰冰的女学生，因为家境贫寒，被迫辍学，为着维持她们一家母女两口人的艰难生活，于是投入×纱厂去充当女工。三个月的"训练工"过去后，她成了比较熟练的工人，但是她现在的生活怎样呢？我们看看她自己叙述她的生活吧！以下是她的日记片段：

"……月经来了，仍然不让你一刻休息。肚子疼得慌，想弯腰的机会都不可得，这确是地狱里才有的黑暗；在这里，所谓人类的同情，简直没有……"

"唉！整天像一个木偶，天幕还未拉开，哨音就像宣布犯人的徒刑般催上工房，人也和机器一样，不许有片刻停留，整整十三个钟头。……下工来，夜神已降临人间了。回到自己宿舍，唉！什么宿舍，简直是人间地狱，肚子闹着饥饿，可是手和脚轻得像棉花，但又总不能不支持着疲□的身体，去吃那连狗食都不如只有两条死耗子的菜也□要人吃呀……"

"……近来也恐怕得了肺病了，但是也只好忍痛过下去。……"

"……前天芳明实在支持不住了，去请病假，但是管理员说是'装病'，第二次再去时，一顿无情的耳光光顾了她。……"

"地狱的生活，我已忍受这么久了，社会人士却没有想到在人间还有我们这一群可怜的人物。……索性走开吧？还不是饿死！唉！咬牙干下去吧！……"

这种生活是普遍的，呼声也是普遍的。

(《晋察冀日报》1941年4月11日)

张二小的老婆

贾明

张二小，小伙子，一身都是劲，走起来一跳一跳的，对人和气又热心，人人说他好。

张二小的老婆，小□子，成天不讲话，脸上老是像生气，谁见了她都不痛快，她□□河湾妇救会顶差劲的一个会员。

去年春耕，张二小参加代耕团，工作真积极，可是张二小的老婆跟张二小吵了三□架。

今年春耕，开始，村子里□□忙，代耕团□组织起来，张二小第一□报□去参加。

张二小的老婆又不高兴，□□□□自己的地还没种好，□要给□□耕，白出力，□自己有什么好处？

张二小气得有点发火，□骂□："你这女□真□固，不懂一点道理！代耕团顶要紧，帮助抗属种地是理应当！就像咱们二大娘，她家是抗属，她大儿死了，三牛上前线抗了日，二牛虽说年轻，拐子做活不得劲。代耕团不帮她家怎么沾？要知道，误了春耕就要影响抗战"。

张二小的老婆一句话也不说，嘴里咕噜着，□着孩子出了门。

村妇救会谁都知道张二小的老婆最落后，她不肯跟大伙一块求进步。□如识字吧，她连三婶子也不如，三婶子今年快四十啦！她呢？今年才二十三！

张二小的老婆反对张二小给抗属耕地的事，妇救会主任知道了，和大伙商量怎么办，妇救会的干部都在。

正开会，县里白同志来了，她知道了这回事，她说："张二小的老婆，不就是那个叫李什么莲的？好，我去跟她谈谈吧！对这样落后分子，打击她是不好的，还是说服她"。

白同志到张二小家去了。

张二小天一亮就下了地，家里就剩下他老婆。

日头下了山，白同志笑嘻嘻地走回来，她说："真费劲，我给她讲了大半天，还算好，她高低认了错，她说以后一定改过！"

大家听了也喜欢，都说："她能认错改过那就好！白同志真沾！俺可说不服她"！

（《晋察冀日报》1941年4月12日，《老百姓》副刊第56期）

反对亲日派反共顽固分子摧残文化的罪恶行为

无论在抗战以前或抗战以后,亲日派及反动顽固分子对于进步文化的摧残,是从来不曾停止过的。他们对进步书报的无理性的检查、删节、扣留和禁售禁邮;对出版进步书籍的书店的警告、威吓、罚款和封闭;对进步文化人及青年知识分子的压迫、摧残,逮捕和屠杀,诸如此类的卑鄙、残酷的罪行,真是罄纸难尽。所有这些,已经使进步文化的发展遭受了无限的损失,使中华民族的国运遭受了极大的摧残了。而近来亲日派反共顽固分子的此等罪行,更加明目张胆、狂妄暴戾起来,其手段也更加有了花样翻新的"创造"。就以对《新华日报》而言,他们规定了"只准印,不准卖"的恶毒办法,对其读者,则予以恐吓,使其不敢订购;对其报贩,则横捕捉,使其不敢代售;其报馆人员,不得已而沿街零卖,则卖者既被警察干涉,买者又被特务追踪;更停止其邮寄,封闭其分馆,阴谋毒辣,无所不用其极!至对进步书店,如生活书店、□书生活出版社、新知书店等,则或加以封闭,或勒令停业。对各种进步刊物,即□经其图书审查委员会通过,认为合法者,亦多被停止发行。对进步文化人及青年知识分子则威吓利诱、拘捕监禁,以致大后方各校大批员生被架失踪之事层出不穷。更在政治部下,专设焚毁部,大批焚烧进步书报杂志,使焚书坑儒的罪恶,盛行于今日!

显然,亲日派反共顽固分子此种摧残文化的反动行为,其原因是:

一、因为进步文化能够教导人民认识真理、掌握真理,使人民的头脑更加□晰、眼睛更加明亮,对他们那种妥协投降分裂倒退的反动罪行，更容易看穿而予以揭破，使人民更加能够认清自己所应该走的道路而毅然前进。即人民愈感悟和愈奋起，亲日派反共顽固分子就愈加走近他们的末日。因此，他们处心积虑，不惜用尽一切卑劣伎俩来摧残进步的文化！

二、因为进步的文化是与日寇法西斯的侵略相冲突的，是它的死对头。进步的文化教导和启示人民：必须坚决反对日寇的侵略，才能取得自己的解放，并且明确地给人民指出达到抗战胜利的道路，鼓动人民抗战热忱，坚定人民抗战意志，使人民坚持抗战到底，直到最后胜利。因此，日寇对进步文化也最为深恶痛绝，在它所占领的区域，已用极大的力量来摧毁这些进步的文化。而以往，所有日寇对中国一切进步力量的进攻，亲日派反共顽固分子是一贯地响应和配合的。现在亲日派反共顽固分子们，将日寇所认为最切要的"攻心"工作——摧残进步文化，"英勇地"、竭尽心力地担负起来，这自然是无怪其然的。

全边区的抗日人民们！进步文化是人类创造力多少年来创造的成果，是我们祖先们遗留下来的宝贵的产业，同时也是我们反对日寇侵略、争取民族解放的锋利武器。而亲日派反共顽固分子今天所做的，却正是摧毁这些产业、销毁这些武器的暴戾罪行！我们每一个边区的抗日人民，都应该积极奋起，反对亲日派反共顽固分子这种在文化上倒行逆施、极端罪恶的行为！为保卫这些宝贵的文化产业，为保存这些战胜日寇的锋利武器而斗争！

(《晋察冀日报》1941年4月17日)

比　　赛

柳杞

牛喜过去□给人家种菜园。□□那时他最大的快乐是：从茁肥的绿□子底下，找到谁也找不到的又肥又大的大倭瓜。

他现在是八路军的炊事员了，他说他很爱听机关枪像刚生下蛋立了功劳的老母鸡一阵又骄傲又撒娇地咯咯地狂叫。

像刚生下蛋的母鸡，今一□机关枪□在前面咯咯地狂叫了。他一面烧火，一面摸着烤痛的嘴巴和□子。通讯员赵牛说他的□是一个□鸟笼子，这比□是很适当的。因为他爱唱歌，破鸟笼子关不住一只鸟，他的嘴关不住□□一句或生或熟的歌子。

他想唱一支歌子，却想起□的来了。四十年前，在月光底下，他会和自己的□子作□□走比赛，今天他五十多岁了，什么使他变得很年幼，像四十年前和影子比赛一样，他□和□里的烧水□起比赛了。

"好吧，咱们比赛。"他自言自语地整理了一下锅盖，又向菜房里喊着，"老康！□，说老康！"

老康的身上散放着新鲜的萝卜味，把头□出来了。

"我请你做公证人！"牛喜要求说，"我答两道政治题，写□□个生字，若这锅不开算我胜利了，水先开了我没学会算我输了！"

"见你的鬼！"老康把头收回去了，他的近似争执的声音，从迎刃而解的切萝卜声里送出来，"老康，我们谁也不许抵赖，一个人切三十斤，这比赛是很公平的！"

"真见你的鬼！"牛喜回骂着。没有公证人，比赛也可以成立的，不过要自觉的纪律。他打开了锅盖，一阵轻淡的蒸雾被泼野的小风吹走了。他试了试水的热度，水才□温呢。于是他自动地加重了自己优胜的条件。

"那么答三道题，写熟七个生字吧，怎样呢?"水不会回答，他很知道，他自己回答了，"就这样吧，谁也不吃亏，平心说，□不准向灶里放湿木柴!"

谁也没有言语，他自己答第一道题又答第二道题了。他答得很多，□到抗日，他□□是从卢沟桥边讲起的，余外还节外生枝地说，八路军以前是红军，红军在井冈山上吃没□的□瓜，连□也没有。为了克服困难，朱总司令他有一条扁担和战士一同挑柴。

"和事务人员伙夫也一同挑担哩"他说。又说，他那条扁担是□榆的，不然，□他的经验，比如杨柳木那就很容易折断。折来□去，他讲目前严重的危机和克服危机的条件。

"什么是克服严重危机的条件呢?"他问着，又自己回答："……壮大八路军，大家全来当八路军! 人多了，枪多了，人强马壮，反共顽固派、投降派、亲日派，他妈的蛋! 抗日胜利一定是我们的……"

"那么第三道题呢?"他□了灶口一块干木柴，火升腾起来，他的脸烤得更红了。

"谁是中国最诚恳的朋友?"他问，又自己回答，"根□□，中国最诚恳的好朋友是苏联!"

□月的太阳把乡村晒得醉醺醺的，那些窗洞，仿佛是永远□不拢来的□□的嘴。老头子牛喜答完了三道政治题，又额外地多答一道"什么是社会主义国家"，还写□会了四个生字，这时锅里的水开始用尖细的嗓子唱歌了。

"□想我们谁也都不能输给谁的。"听着水响，他□□动了锅盖说，"也许正巧，我七个字□学会了，你也翻□的开了，好吧，□还有三个难写的字，可是凭心□，□不会给你加湿木柴的。"

远远地又仿佛已经走到门前，同志们的脚步像把醉了□乡□推了一跤，□□窗洞，笑得更□不拢嘴了。小孩子从像笑的窗洞里探出头，大叫着："同志们回来了，看哟! 同志们回来了!"

最先跑进伙房来的是通讯员赵喜,他带来政指这样的命令:"叫牛喜赶快烧开水,就说同志们打仗回来了!"

"破笼子——"通讯员招呼着牛喜。他忘记第一应该先□命令了:"你猜吧,是谁输了?!"

牛喜正一团糟糕写一□难写的汉字。他糊涂地回答着:"水没开,□也没全学会,也许不分胜输的。"

"见你的鬼!"通讯员像晚春的布谷鸟一样不怜惜他的嗓子,他大叫着,"不分胜输的!我们青年已经大胜了!我们青年缴了四支大盖枪!你们呢?你们老年只捡一支枪、四顶钢盔、十六□手榴弹,你说吧,缴枪比赛,是老年输了,是青年输了?"

这时锅里的水,因为一连□了两块干柴的缘故,翻翻滚滚地沸腾着水泡,仿佛□说:"牛喜你输了!牛喜你输了!"

牛喜的脚忙乱着,他固字还没有写,顽字已被脚底踏没了,他忙着去借房东的水桶。房东老太太正赶做一双慰劳鞋□?□喊她的女儿誊下盛菜的水桶。女儿着急得放下了活计说:"妈,这比赛是不公平的呀!你看,我腾水桶的工夫,你又该缝上多少针呀!"

房东老太太非常抵赖,她对老年的牛喜说:

"同志,你评评道理吧,青年人不该让让老花眼吗?"

一九四一年三月十三日

(《晋察冀日报》1941年4月17日,《子弟兵》副刊创刊号)

入死出生

——小王强村的险恶事变

袁光

寿阳虽然处在游击区的状态，但我们的地方干部却是艰苦努力地在开展着工作。

三月二十日，寿阳全县干部在小王强村开会。这儿离寿阳城只二十几里，离北面的清平镇却不过五里，两处都是敌人的据点。而敌人□了准备"春季扫荡"，在寿阳和清平两地都增加了不少兵力。

会从早上一直开到晚，天完全黑了，基干队在村边□着□，感到春天□□的□□。

会场上人们的情绪很热烈，县长、科长、区长以及群众团体的代表……在紧张地进行讨论，忽然村外响起枪声，东面、南面、西面、北面，枪声越来越多，越来越响，越来越近了。

大家跑出屋子，敌人已经进村了，基干队没法抵挡，敌人太多，至少有四五百，而且分五六路攻进来的。

□□□□□□以下□□都被敌人捉住了。

日本指挥官和汉奸们把所有的干部都带到村中一个广场上，另外还强迫带来许多老百姓，逼着安县长开□民众大会，准备来一个一网打尽的大屠杀。

多危险的场面呵。

就在这个时候，村外的枪声又响了，夹杂着□□□，显然这是咱们自己的军队攻来了。

敌人顾不上广场上的人和被捉的干部，慌手慌脚地前去应战。

听声音也可想到子弟兵的勇敢，他们冲进村子来了，就在街上跟敌人展开肉搏□巷战。

激烈的战斗进行了约有三个钟头，全县干部和村里的老百姓都被救出来了，子弟兵最艰巨的任务已经完成，于是胜利地撤出了战斗。

这部子弟兵只是一个中队，中队长钟有□、排长刘福成、唐植生三同志都因为奋不顾身，英勇地战死了。

支部书记□战□同志也流了光荣的血，他受了伤。

他们的流血和牺牲，救脱了寿阳全县干部和全村老百姓的临近被屠杀的险境。"军民是一家"，他们真正发扬了共产党八路军□□□众、忠勇负责的光荣模范精神。

(《晋察冀日报》1941年4月17日，《子弟兵》副刊创刊号)

互 助 互 爱

——新战士和老战士

欢迎呀，我们新武装起来的弟兄

为了欢迎新战士，在二月份我们连里就发动了募捐。许多同志把自己所有的一点津贴费都拿出来了，也有的把自己的衣服、鞋子、铅笔、笔记本……捐了出来，准备慰劳新战士；另外公家也买了些东西，等新战士来到的时候开欢迎会。

最近买的□□猪也长得又肥又大了，连长说过，一定要等□新战士来的时候再杀它。

十五号那天，一大早我们就吃了早饭集合了。指导员说："同志们天天盼着新同志来，今天让我们去接去迎，我们现在就去欢迎他们！"

我们走到村外边，在大路旁边休息下来。一会儿新同志们远远地走来了，呀，我们真不知道快活得怎样是好。一阵掌声像打雷似的□了以后，马上政治战士出来了，歌咏指挥也出来了，我们又喊口号又唱歌，把好多老乡们都引了出来。新同志们也真高兴□，他们都年轻都活泼，歌子唱得也是怪好的。马上我们也不分什么老战士新战士了，大家一齐肩并肩地走回来。

太阳底下，我们欢笑的脸又红又发光。（战士 石金喜）

青年队员这样爱护新战士！

新战士来的时候，我们连队的青年队员们造成一片迎接和□□新同志的热潮，许多青年们都拿出东西来慰劳新同志，找新同志谈话，

家长里短，□□□题，亲热得如同兄弟一样。

侯金福是个青年队员，他更是爱护新同志的模范。他看见一个新同志在很冷的天气还□穿着单薄的衣裳，马上就把自己身上穿的一件皮背心脱了下来，让给新战士穿了。他拍着新战士的肩膀说："你□穿□□，不要着□了！"□□□战士听了，再看□他□情的面孔，□是□穿，心里□□□□了。

他把皮背心脱给新战士以后自己受了感冒，可是受感冒他也没有忘记新战士。他在病中看见一个新战士没有被子盖，连里又没有一条多余的被子，他又自□地把被子让给新战士盖了。

在我们连上青年同志都是这样地爱护着他们亲爱的弟弟新战士。
（战士　陈良林）

放牛的孩子进了大学堂

魏万才同志是个新战士。可是他过去却是个放牛孩子出身。今天他参加子弟兵了，子弟兵就是光荣的八路军，和旁的什么军队都不同。参加子弟兵真像进了学校一样□，不但打鬼子，而且□读书，天天上课，讲政治、讲军事、讲文化。魏万才眼看着自己就要变成一个有本领的人。

老战士个个帮助新战士。魏万才就在老战士□变□同志的帮助下一礼拜当中学会了一百多个字，他真高兴极了，逢人便说："我简直是进了抗日大学呀！"（战士　××）

（《晋察冀日报》1941年4月17日，《子弟兵》副刊创刊号）

灵邱的富源

王水

一般人都知道灵邱是一个寒冷贫困的地区，但是却很少有人注意到在这贫困的荒山与深谷里还蕴藏着丰富的宝藏。

在工业原料的出产上，灵邱每年羊绒的产量在三万斤以上，白麻年产二万三千余斤，胡麻年产一百四十九石，以及芦苇（编席）米布袋草（造纸）……的产量都很多。在矿藏方面，艮厂的无烟煤、□峪的烟煤，是现在边区稀有的质量优良的煤矿了（艮厂无烟煤适于炼铁，□峪的无烟煤适于烧窑），并且价格也很低廉，每元可买二百七十斤。在南坡□山上石炭年产二十一万斤，另外如铁、铜、银、石墨、云母的出产也相当丰富，特别是云母在中大白山上到处都是，当地人民很多拿云母片当作玻璃糊窗子的。其他如草药的出产，已被发现的有九十余种（如党参、冬花、知母、尖黄、王岭子、菜□等）……

这些富源，由于过去没有更好地开采和利用及曾经因为交通关系不能大量运输外地，致使每年产量慢慢减少，这是我们应该惋惜的。现在政府已经十分注意利用与开发这些富源了。今天在灵邱已经组织起来公营生产作业，有榨油房十六处、毡帽生产合作社四处、毛毡合作社一处、农具生产合作社两处、造纸厂一处、染房三处、编筐生产合作社两处、煤炭生产合作社五处（开采工人已有百十一□）、灰窑五座。但是这些生产作业，还需要着更大规模地开展。同时，在运输方面，还需要大批的驮骡队来帮助的，不然，这些生产品的供给与销路便不能更好地深入到边区内地去。

贫困的灵邱的隐藏是富庶的，然而，只有我们以更大的注意来开发与利用这些富源，这些富源才会是我们的，才能使这些富源对边区的经济建设起着重大的作用。

（《晋察冀日报》1941年4月18日）

实验归来

贞妮

> 这个村庄，在咱们边区，可说是非常落后的，这些不良现象也会在这里出现得最特色。
>
> ——作者

在没有基础的、新的一件工作上，要安放一条作为根基的基石，的确是比较麻烦，而显得生手。正因为这样，当开始做实验统一累进税的工作时，可能给□们碰到的一些困难问题，也早就估计到了。

这次我们先选择了一个靠近滹沱河的×庄作为实验的地方。这个村庄，共有三百零八户，一千三百六十六口人，除极少一部分人做生理□活外全都是养种地。从村边一望辽阔的土地，除出产大量的麦子，稻米的产量亦异常丰富，人们依靠这些肥沃的土地过活，生活是很富足的。

当我们在村公所歇下来，村长就在村里敲锣召开村民大会。锣声响遍全村，老太婆、年轻的庄稼汉三三两两向会场上走来。村副忙着找村级干部，经过了相当久的时间，人们还没有召集起来，尤其是一些认识落后，或成分比较差的村级干部，借故东溜西走，甚至有的一走半天都不见回来，相当影响到其他村干部的情绪，影响到老乡们参加开会的积极性。

在会场上等了老半天的老婆婆，瞧着人家老是不出来，也抱起吃奶的孙儿回去，一会儿会场上空空的，一个人影也没有。

我们悄悄地离开会场，用个别访问的方法去了解村里的老乡，看他们对统一累进税有什么看法，也跟一些村干部谈话。在这些谈话中间，我们得到了"这不是真的，可以不参加"这么两句毫无理由的见解，误害了昨天的村民大会。

我们决定在这个钉子上去彻底了解开展工作的方法。我们十多个人（从政权群众团体组成的工作队）临时召开了一个小组会，把所有的村干部的成分、思想意识，做了足够的认识和估计，尤其是成分比较复杂，自私自利观念比较浓厚的村级干部，花了很多的时间，去向他做深入解说的工作，使他对统一累进税先有足够的认识和理解，和我们边区实施统一累进税及坚持华北抗战的重要意义。使他有深刻的了解，然后，才能慢慢打消存在他心头上的疑惧的心理。

第三天，我们把所有的干部分配到下层去，挨家挨户地去访问老乡，征求他们对统一累进税的意见，了解他们对统一累进税与合理负担的认识如何。同时，探讨他们昨天划分的经济区公平不公平？合理不合理？村民大会上所报告的问题了解不了解？

慢慢，我们跟老乡们更加接近起来了，坦白地来往，坦白地互相谈笑。政民欢爱的喜悦扫开了他们心里的恐惧，于是他们也像自己人一样，来问我们什么是经济区，什么是富力，什么是分，怎样用分去计算统一累进税。我们不怕麻烦地、耐心地去跟他们解释，常常为了一个问题，要使他们百分之百地了解，不怕十回二十回，重复地解说着。

他们懂得了什么是富力，怎样计分与征收统一累进税。他们快乐地说了："咱们懂得了，有什么可怕，统一累进税最合理。"

晚上，我们进行分组登记财产。一个最初还做假报工作的村级干部，坦白地把他自己的财产报出来了。最可笑的是有一个老汉，像数字眼一样，把他的田地分门逐类地数出来，最后他还说："请你们去统一累进税，咱不会，咱相信边区政府！"

最后，登到个别的小商人及地主时，他们浓厚的自私主义却添我们不少麻烦。结果在深入的检查工作中，经济区的争论中，他们狡猾的手段，终竟在广大的人民面前暴露出来。

（《晋察冀日报》1941年4月18日，《晋察冀群众》副刊第2期）

两个模范儿童
——贾配林和丁书书

亚五

小朋友贾配林,在今年儿童节纪念大会上,被选为模范儿童了。而且他还是第一名呢!真光荣。

大会在发奖时曾表扬他的模范事实:"……第一,他学习上非常努力,在短短的时间内就能用新文字写信;第二,他经常报告工作,报告敌人活动情形,特别在情况紧急时,他一天能报告三次;第三,他能与部队很亲密地联系,在工作上互相配合……"

当他笑眯眯地到台上领奖时,有多少小朋友羡慕他呵!

丁书书十三岁了,她是个模范的女儿童。

在百团大战的时候,她领导着十六个儿童团员带了慰劳品(花生呀、红枣呀、鸡蛋呀……),在猛烈炮火下,勇敢地走到前线上,去慰劳正在作战的子弟兵。当她走到熊司令面前时,熊司令摸着她的头发,心里真高兴极了!

她在村里还领导着儿童剧团,演戏、跳舞,很负责任。她自己还很辛苦地帮助八个儿童学习,大家都称她做"小先生"。

今年儿童节大会上,她是第二名模范儿童。

(《晋察冀日报》1941 年 4 月 18 日,《晋察冀群众》副刊第 2 期)

一个模范家长

封玉瑞老先生已经六十五了,是山西漂村的人。他很爱护孩子们,很关心孩子们的教养。

他督促自己的子女好好念书,不要旷课。为了活跃文化娱乐工作,他给孩子们买了一面小鼓,领着孩子跳秧歌舞,晚上孩子们演戏,没有油,他给油点灯。儿童团检阅时,他亲自跟着去,孩子们肚子饿了,他买烧饼给全体儿童吃。他爱护别人的孩子,和爱护自己的孩子一样!

他不但很爱护孩子们,而且很关心抗战大事。茂林惨变发生后,他非常痛愤,曾联名通电国民政府,要求制止反共内战。

(《晋察冀日报》1941年4月18日,《晋察冀群众》副刊第2期)

鬼子的小轧车跳起来了!

刘大方

在平汉路上，鬼子的小轧车不停地走，"吱呀吱呀"走过来，"吱呀吱呀"走过去。恐怕我们去破坏交通，就是临近的儿童团想唱抗日的歌曲，也要小心着鬼子！真叫人□□忍不下去这口气。

这天晚上，没有月亮，北风□□□□地响，两个儿童悄悄地跳到铁路旁边，一声不□地蹲下去，匀匀地出着气，听不见什么动静。他们把耳朵贴在铁轨上，也听不见什么声音，于是就把铁路上的小石子堆在铁轨上，又悄悄地回家睡了。

第二天，天还没有明，鬼子的小轧车"吱呀吱呀"地又来了，早晨风是那样冷，三个鬼子拼命地轧。小轧车跑得很快，正跑得起劲的时候，车轮儿碰在小石子上，"砰"的一声小轧车跳起来了，跳得很高，可是跳歪了，一下子跳到沟里去了，三个鬼子摔死两个，剩下一个把脑袋也摔破了……

后来，人们一看见小轧车就想起这回事，特别是儿童们提起来这回事更高兴。

"我们儿童能叫小轧车跳起来呀！哈哈……"

（《晋察冀日报》1941 年 4 月 18 日，《晋察冀群众》副刊第 2 期）

谁刺透了孩子的心

田童生

清□的早晨，五台山上的雪风向着阜平猛扑过来，三百二十个鬼子向龙泉关进攻。

沿路的中国人躲到山沟里去了。鬼子进入××村，静静的，什么声音都听不见了，一阵风窜进了袖口，鬼子把头一缩，呀呜呀呜的叫嚷着。

"搜索！找人带路！"队长命令着三个日本兵。东山脚的石洞里，钻进了三个人，找出一个瘦得像猴子的孩子，那孩子脚踢手打，嘴里乱叫，日本人满意地笑了。

"小孩子跟皇军带路……不杀的……"孩子摇摇头，挑回头去，看看自己的房子。一个鬼子顺手取出一把糖果，送到孩子的身边，"快吃，带路的！"石头一般的小拳头，打在鬼子的手上，红红绿绿的日本糖散落在地上。

"巴格亚鲁，你小子的，不去杀你的……"那个鬼子的脸变成青黑色了，两个大眼睛突出来，盯住小孩子，把刺刀顶在孩子的肚皮上，因为他受了污辱欺侮，开口大骂一气。立时勇敢的孩子倒在地上，断断续续地吐出："死也不跟日本人带路……"

鲜红的血流在地面，孩子仰天躺着，肚子、胸膛，一个、二个、十□刀口□冒着一股一股的血。血呀！孩子不屈地死了，村儿童团长、小战士被杀了，身上刺入十二处刀伤的小战士。日本人去远了，儿童团长的血，还在□着。边区的儿童们，谁刺透了这孩子的心呢？！

（《晋察冀日报》1941 年 4 月 18 日，《晋察冀群众》副刊第 2 期）

李 金 凤
——妇女短曲之一

钟罗

大家已经在山头上工作了,李金凤方才跑步走过村口站岗的那儿,站岗的桂儿也和他开了个玩笑:

"数你背乌龟啦"!

李金凤笑了一笑,仍然跑步走着。铁镐挂在她的胸前,双手抱着它,好像抱着婴孩的样子。当她爬上山头的时候,她喘着气,可是她连歇也不歇就和大家干起来了。

"李金凤好是好,就是来得晚不好。"大家对李金凤都有了意见,不晓得谁第一个这样说。

"对咯,我们代耕团,代耕了三天,三天都数李金凤来得迟,李金凤你是不是有什么困难?"她们的团长也说了。

李金凤依旧弯着腰翻土:"没有什么……"她突地抬起头来,对着大家笑了笑,"我多加点油吧!大家累了,我也不歇。"

"不,你有什么困难给大家说,咱们大伙儿想办法。"

"没有什么……明儿,我早点来好啦。"

大家又挥动了铁镐,铁镐在太阳下一闪一闪地发着光。

太阳将要上午了,她们也就下山来赶午饭了。李金凤回到了她家,婆婆第一句就嚷:"成天跑来跑去的,孩子也不管了!"外面,代耕团长走过,听到李金凤的婆婆嚷叫就站住了,她对李金凤的婆婆这个顽固劲儿,就早已知道八分的了。

孩子已经醒了,在哭着。婆婆心爱孩子,婆婆心想李金凤一天尽在家里守住她自己和孩子;李金凤也心爱孩子,而李金凤更爱生产。

现在，李金凤从婆婆怀里把孩子接过来，轻轻地拍着孩子的肩膀，对孩子说：

"你怎么尽管哭呢？宝儿，你妈是去下地来呵。"

婆婆更不高兴地嚷着："下地？做的也不是自家的活……"

李金凤自来不好给人家嚷，她好言好意地给婆婆解释："娘！可不能这样说的……大家忙不都是要增加生产……宝儿，每天我都哄他睡着我才去的。就是这个，大家还说我呢！你在家多照管他一下不是一个□□？"

代耕团长听得心都要跳□了，□走进门口，招呼□□说："□□！大家都很欢喜你的！"

□□□地笑了□。

（《晋察冀日报》1941 年 4 月 19 日，《老百姓》副刊第 57 期）

对自然科学的二三认识

孙力 编

在抗日民主的地区，现在切实地注意自然科学的研究了。科学与民主是有密切姻缘的，但新民主主义的科学和旧民主主义的科学有不同的地方。西欧的资本主义虽以民主的要求和科学的进步起家，战胜了封建贵族，但跟着便把民主放进囚笼里，把科学放进私人的机密箱里。资本主义在它的成年期，牢禁了科学；在它的老年期——帝国主义阶段——便窒息了科学的呼吸，或使科学变成魔鬼。

帝国主义自己提供了它的罪恶与欺骗的证件。帝国主义的科学的出发点，完全站在剥夺工农大众利益，维护金融资本家及其御用科学家的利益之上。这些罪行，虽然已经成为客观的常识，但是我还是供□巴比塞的描写来说明：

> 我们再看一看这样一种景象吧。这景象是在世界各处的一切工作部门中不断地发生着的，它简直好像一幕悲惨的笑剧。在法国北部的Seine-et-Oise-和别的地方，人们把小麦像除野草似的加以芟除。在批里尼斯山东部和别的地方，人们把水果一大塌车一大塌车地弃在大粪窖中。在伦巴尔地，别的地方也有这样的事吗？农民把大批的烧掉，谷麦的焚毁到处皆然。人们本来用以播殖，要它健全地发芽、成长的种子，现在是被杀害着、被埋葬着。人们还杀害着、埋弃着几公顷的甜萝卜，大批的猪和牛。人们把可以成渠的牛奶倒在美国的河中（这也不但美国如此），人们把整船的鱼倒在海里。属于Generalmotors公司的成千部新的装配齐全的汽车，被用特制的大机器，粉碎地敲破着（《斯大林传》徐懋庸译）

这是平□□如果在战时（像现在它们进行的）事情就更出奇。铁霍诺夫在世界第一次大战后，写了一部□说战争。叙述这样一段奇闻：一个帝国主义的军事科学家同他的助手共同发明一种瓦斯，两个人共同研究、试验、努力、出汗。后来，用两只小白兔试了试，小白兔马上中毒死了。那军事科学家回头就强迫着他的助手继续了小白兔的命运，叫他呼吸一下瓦斯。这位军事家便"专利"了只有他知道瓦斯的"处方"。对今天的帝国主义战争说，这已经是"旧闻"了，目前就更新奇。

转述这个故事不是对小白兔或是那个助手表示什么哀悼之意。助手的命运是一般帝国主义国家里出卖良心的科学家必然的遭遇。当然我们不否认，在欧美各国，从发明蒸汽机关的那位瓦特先生起，到美国的大发明家爱迪生，有许多是庄严的、探求自然界的真理的、孜孜不倦的学者。但帝国主义必然交给它的科学家以这种瓦斯，那是谁也没办法的事。

> 以大体而论，知识分子的任务总是被限定于装饰资本主义的丑陋的现状，和安慰富人们的无聊和烦闷的。知识阶级是资产阶级的看护妇，则忙碌着弥缝资产阶级的哲学和宗教的外衣——那古旧而且肮脏的织物，沾满了劳苦大众的血汗。（高尔基答美国的知识分子）

这便说明了帝国主义的科学事业的一切，一切的归宿，如果这些科学专家不能放下他那屈辱的"针线"转身为人民大众服务的话。

中国在清末便提倡科学了，张之洞、李鸿章等人都积极提倡过。当时也有反帝反封建的进步内容。但因为在政治上一向是封建专制、地方割据、帝国主义指挥下的政治，在经济上一向是在帝国主义金融屁股底下的资本主义的畸形小身体，所以中国的科学文化不得尽量发挥而成为大众的。

许多的养育科学人才的工业工程学院，只是用定理、公式、西洋原本把学生弄成□□头，科学秀才。农学院，虽然在暖房里培种着大黄瓜和做着各种肥料、地力的测验，但学生毕业只能到中学教一教"博物"。中小学的学生把化学、物理的试验，只当作看戏法。中国以前的自然科学，一向是在封建园圃里发育的不完全的果实，而又被拿到"洋场"去出售的，一向没有站在把自然科学的研究，当作为人民大众谋福利这个观点上。

抗日民主的地区进行着各种经济的开发，重视自然科学的技术和学识，发展工业，注意副产，使地尽其利，和自然界、疾病做斗争。对自然科学的研究、实验、应用，要求新的观点、新的方式、新的任务。真正使自然科学成为新民主主义的自然科学，为人民大众服务的，努力使他们了解，能够运用并切合实际要求的。

这里所指的科学是不脱离民众的，不远离民众的，而准备为民众服务的，准备把一切科学的收获交给民众的，并且不是被强制地而是自愿地、情情愿愿地为民众谋利益的科学。

这里所指的科学是不让旧的成名的领导者自满地把科学束缚于科学僧侣的袈裟里，束缚于科学垄断者的甲壳里；这里所指的科学是懂得老的科学工作者和青年科学工作者结合的意义和力量，是自愿地在我国青年面前打开所有科学的门户，给他们达到科学最高峰的可能，并承认未来是属于科学青年的。

这里所指的科学是从事科学的人们明了已规定出的科学传统的力量与意义，善于为科学的利益而利用这些传统，同时却又不要做这些传统的奴隶；这里所指的科学是当旧的传统标准与规定成为陈旧，复为前进的阻碍时，有勇气地有决心地来破除这些传统，同时要懂得创造新的传统，新的标准与新的规定。（斯大林：《在克里姆林宫招待高级学校工作人员宴会上的演说》）

此外，把自然科学的基本知识教授给人民，教授者应该了解到群众的丰富的创造能力和他们的传统的工作经验。要认识出他们的天才，尊重他们的经验，改造他们的陈旧观念。同时自然科学的研究，应该以马列主义的世界观作为指导。马列主义的文献曾使自然科学界发现新的事物和新的法则。因为"马克思主义的概念是科学的，它和科学的概念一致"（巴比塞）。马列主义是科学的科学。

（《晋察冀日报》1941年4月24日，《文化思想》副刊第6期）

子弟兵的来由

边区子弟兵是在边区人民抚育培植之下，生长壮大起来的。它和边区人民具有血肉相连、生死与共的关系。这种关系，使得边区处在敌人四面八方包围中，而能不断粉碎敌人的进攻和"扫荡"，不但未被削弱，反而一天天巩固发展起来，成为敌后抗战铁的堡垒，反攻的前进阵地。在全国说，在全世界说，边区都被誉为模范的抗日根据地。今天，我们可以毫不夸大地说，没有边区子弟兵与人民的血肉联系，绝不会有边区的巩固和发展，甚至连存在的可能都没有。

这种血肉的关系，表现在什么地方呢？

子弟兵的指战员都是边区人民的优秀子弟，生在边区，长在边区。他们都是为了保家卫国，誓死不当亡国奴，而英勇走上抗日战场。他们参加子弟兵，不但未与家乡父老关系疏远了，而且与全边区的人民建立了更紧密、更坚强的联系。子弟兵保卫边区人民，从敌人铁蹄下□拯救自己的父老兄弟，不让敌人抢掠人民财产，不让敌人欺凌和杀戮同胞；假如敌人敢于进犯边区，那么就无情地歼灭它。四年来，由于子弟兵的战斗胜利，保卫了边区。而边区人民，对子弟兵倍加爱护，解决子弟兵的困难，供给子弟兵的需要，以自己最珍贵的血汗来培育子弟兵的生长。四年来由于人民的拥护，壮大了子弟兵，使之成为□铁力量。子弟兵爱护人民利益，甚于爱护自己的生命，不仅表现在战斗上对敌冲杀，并且表现在生活的细节上，一举一动，都以群众利益为标准。"不拿群众一针一线"是子弟兵中最严厉的纪律，同时也是全体指战员引为最大的光荣。帮助人民，是子弟兵认为应负的责任。在生产运动中、在国民教育中、在政府法令推行中、在改善人民生活中,在一切能贡献力量的地方,子弟兵都以最高热忱帮助人民。在子弟兵看来,这不是帮助,最恰确地说,是尽子弟兵的义务。

子弟兵没有自己的单独快乐。人民的快乐,也就是他们的快乐,所以能饮辛茹苦,艰苦奋斗,不避困难,不怕牺牲。

子弟兵的光荣称号,就是从这样与人民血肉联系而得来的。

边区子弟兵又是八路军的一部分,是在中国共产党绝对领导下的武装。中国共产党是革命最坚决的政党,领导中国人民争取胜利的舵手,因而,在它领导下的武装,也就能最爱民族与人民,成为抗战最坚决的军队。边区子弟兵,也正因为有中国共产党的坚□领导,所以才有一切力量永远保卫边区,在任何敌人的前面都能给以粉碎的打击,在任何情势下,都要同边区人民甘苦同尝,生死与共。

边区人民是子弟兵的父母,而中国共产党又是它的保姆。

(《晋察冀日报》1941年4月25日,《子弟兵》副刊第2期)

凯　　旋

一

　　滹沱河在春的大平原上狂怒地奔腾，无极城在它的一边喘息着……子弟兵的巨掌不时伸向那灰色的城□，使抗日的烈火在城的周围普遍燃烧。于是敌人这样计划，要把滹沱河的大水输送一部到田道沟中，好来分割我们根据地，更其疯狂地绞杀人们！

　　这工程已经开始了。在刺刀光下，一群被迫工作的老乡呻□着。

　　"东姚村"子弟兵的主力，从宣村、南龙岗战场下来的英雄们这时住在滹沱河的北岸××一带。他们为了响应上级创造铁的党军的号召，正在埋头整训。但当他们忽然听到关于敌人动作的消息时，队伍马上就像滹沱河的流水一样沸腾起来。

　　他们愤怒！他们兴奋！就在愤怒和兴奋的交流中，十七号的深夜他们出发了。出发到何地呢？没有人知道，但第二天的上午，紧密的枪声便从南边祈村的方向卷来了。立刻，就像□着□风，枪声便在无极城的四郊滚沸着，我们的队伍从四面八方包围起来……

　　一个地方工作的女同志，她□着一头黑发在子弹的呼啸声中奔来。她□□我们跟前，睁大了眼睛问道："同志们，你们是××团？在南龙岗打歼灭战的？……"

　　战士们从她那含着无比尊敬和爱护的眼里看见了自己的荣誉。

二

　　枪声在一个钟点以□停止了。

一□头上扎着白色绷带的伤员被四个老乡抬走以后,这里马上又过来一副担架,那上面躺着我们受了重伤的文化教员,他在人声嘈杂中费力地抬起头来。当他看见孙主任站在路旁时,他用那样快活的声音喊道:"呀,主任!我们得了一门大炮呀!"

孙主任跑到他的身边,像对自己亲爱的弟弟似的安慰着他:"但是你,你不要紧吧?……"

他没有来得及回答,担架便掠过了。我在一旁,看见鲜红的血染湿了他的单衣,听见他的心在跳动!

后面跟着涌上来一群老乡,他们抬着那沉重的发着油黑的光的大迫击炮,气咻咻地嗨哟着,像是低唱胜利的歌。再后面,子弟兵的队伍开来了,先头的三个战士各自肩着一挺穿□衣裳的机枪。老乡们是那样兴奋呀,当一个女同志站在高处用她尖亮的嗓子高呼时,千百个人呼出的口号声马上便像滹沱河的流水奔腾着。

三

靠村边的一片广场上,人头像河水的波浪一样起伏着,连房顶、墙头上都挤满了人,到处都是欢笑的脸。全场沸腾在啦啦声、歌声、欢笑的喧嚣里。背着白花花的剥皮猪的老乡在人堆里面乱撞着,一会儿主席台的右边就排列着二十几□和这一样雪白的肥猪,左边则放着大炮、机枪、步枪……一堆一堆的胜利品。

开会了。

从狂热的掌声里,孙主任走上台子,他用尖亮的声音说道:"……我们子弟兵是人民的队伍,我们要誓死保卫滹沱河、保卫冀中区!我们要军民团结一致,严厉打击敌人挖沟的毒辣阴谋!"

闵团长说:"无极敌人仅有的一门大炮已被我们拿来了。老乡们,你们说敌人还有大炮吗?……"

"没有哪……"

"没有哪……"

"有也不在乎……"

台下马上一片欢呼声。闵团长又侧过脸来向着战士们："我们今后更应百倍紧张起来，为创造模范的铁的党军而奋斗！"最后他号召大家一致准备力量迎接敌人的"春季扫荡"。

□无县人民的代表，一位胖胖的女同志，也兴奋地跑到台上热情地说："百战百胜的同志们，你们以无比英勇的精神，创造了许多伟大的胜利，这大大地安慰了我们、鼓舞了我们。我代表全县抗日的人民向你们致崇高的敬礼！（台下大鼓掌）……乡亲们，我们要处处爱护子弟兵，帮助子弟兵，保证子弟兵经常满员……"

又一个用白手巾围着脖子的老头儿上去讲话，他说："正当鬼子准备挖好沟，更厉害地用力来杀我们的时候，我们的子弟兵——八路军一斧子把那鬼子的手砍断了，你们看……大炮、机关枪一堆一堆的！……"

一个刚刚俘虏来的伪军也讲了话以后，游行开始了。子弟兵跨着矫健的步伐，从无数□闪着爱的光芒的眼睛下面走了过去。掌声、歌声、欢呼声，使大地像海啸一般地摇撼着；小庙前边一个老头子举着拳头，跟着众人呼喊，好久忘了放下手来……

队伍向着远方流去了，但□还能听到他们有力呼喊的声音：××团万岁！八路军万岁！……

（《晋察冀日报》1941年4月25日，《子弟兵》副刊第2期）

在春的田野

陈□

汗就像活动的小虫儿在你的脊梁背上爬呀爬地动,由不得你腾开手要把风纪扣打开,把帽子掀一掀,然而,汗又像小虫儿在你的脸皮上活动了。

在绿油油的麦浪的旁边,活动着裸臂的、光着肚的农民和孩子们,也有穿着草条色军装的战士和朴质的妇女。犁头像野猪的嘴在翻弄着红黑色的地皮。牛儿、驴子,还有军队上的马,拉着绳套,弓着头向前撞。

牛鞭噼啪地响。雀儿从这条树枝跳到那条树枝,像个忙人,喳喳喳地响。

孩子们抛着土块,唱起开荒的歌儿,跟在马的身旁。

"二月里来,好风光,

家家户户种田忙……"

歌声被土气蒸发着。战士们用粗音合起来了。

"吁,呵,慢着,哈哈,你把绳套绊住了!唉,后哨!"

"这个马呀,"战士说,"懂得后哨□?到了地里真有点吃不开了。"

"哈哈,唉,哨!哨!再往后一点,对了!"

老头儿把马拢着,摸了摸它的长颈下面的肉皮向它的背上亲热地拍了一下说:"休息一下吧,伙计!"

缰绳交给了小孩。

"唉,很老实,这马不像打过仗的。"

他不住地望着马的全身。

马，愉快地摇了下长尾，抖了抖毛，吃土上的小草去了。

"同志们，有什么新闻□?"

"呵，老太太，听说顽固派作孽，结果吃了日本的亏这消息了吗?"

"八路军在山东江苏打了大胜仗，消灭敌人一两千……"

老头儿用力地吐出一口烟，被小风吹成一个扇面，轻松地掠过几张紧张的脸。

站着的同志们，"一——二"一声唱起来：

"忍不住心头的痛恨！压不住满腔的气愤！"

大家握紧了镐锹，把自己的声音合上去，歌声就更加高涨：

"新四军抗战最卖力……"

（《晋察冀日报》1941年4月25日，《子弟兵》副刊第2期）

我们在敌占区的一个村里

张力泉

一天,我们接受上级所给的任务,到敌占区□游击。全体指战员听到这个消息都是喜出望外,个个忙着准备一切,为叫鬼子尝尝我们的厉害。

队伍来到离敌据点二三里的村庄,休息了一下,霎时间,村内的男男女女老老少少把我们围了个水泄不通。他们的眼睛充满着热情,他们说:"你们辛苦了,你们用什么、吃什么?请说话吧,一切都是现成的。"有的老百姓紧紧握住战士们的手,激动得一句话也说不出来。

我们每个战士也同样感动,我们看见了敌占区老百姓对我们的无限的爱戴和希望;我们抓紧时间向他们进行宣传,安慰他们,告诉他们:我们一定要把敌人驱逐出中国去!

有一天真的小孩子说道:"他妈的鬼子真浑蛋,说八路军完全被消灭了,这真是鬼话。鬼子的话没有一句靠得住的……"另外一个头须雪白的老头说:"哼!我的年纪太大了,不然早就参加八路军了……"

一会儿,队伍要走了,老百姓真舍不得让我们走。有一个老婆婆说:"你们驻下吧!我们准备好多东西来慰劳你们呢……"她的话是那么恳切而动人。

队伍走了,走出了村子,背后跟着一大群老百姓,他们舍不得我们,送我们走了一二里路才回去。

(《晋察冀日报》1941年4月25日,《子弟兵》副刊第2期)

一封新战士的家书
——报告到部队后的情形

父亲大人膝下：

儿等打从县里新兵营出发以后，到现在一个多月了。路上通过敌人封锁线，还帮助乡亲们背了一程粮食，可是并没有一个掉队和落伍的，很安全地来到了这里，尤其是到了主力团以后，老同志很是高兴，都到村外接我们。我们在班里，老同志对于团结友爱，就是和亲兄弟一样。一位朱同志，只有一双新鞋送给我了。每天连的首长三番两次来照看我们，问长问短，指导员可是对新同志亲热，这是真正的上级顾虑我们呀。

再者就是冯宝妮，我早就说他没出息，可不是嘛，他给咱们丢人，同志们都欢天喜地，他偏偏愁眉不展整天想家。不过连首长没有瞪过眼睛，总是和言和语地说服他，进行教育。可是我却气不过了，顶好请冯二叔打封信说说他，鼓动一番才好。

至于我们每天的生活，经常的是活跃。每天除上课讨论会外，我们不断地不是写字就是演习军事动作，这是我们很高兴的，尤其对于识字课都愿意学，不过几天的光景，在过去一字不识的，到今天已经识到四五十个字。儿在识字课上，前日已从乙组升到甲组了。唱歌□方面也有了更大的成绩，不算学过的，今天几天的光景又学会了五六个新的歌子了。儿在军事上各种动作擦枪、卸枪、打背包一概俱会，不用操心。政治课的学习，我们也跟老战士在一起上了。我们指导员讲书很有精神，他又有许多的好办法，有时叫起我来提问题，我都能答得出。从今以后，儿知道努力用功，不辜负二老的盼望就是了。

前天晚上，全连青年开青年大会，那欢乐的情形真是忘不了。一会儿就开会了。青年队长总结了一个月工作的优缺点，说我们要竞赛，来迎接五四青年节。在大会上我说了话，我很高兴。以后大家都提出挑战了，大家都有争取竞赛优胜的决心。当场，我们在一起唱歌子，两个新同志讲他们参加部队的故事。

…………

儿孙□杰　敬礼

（《晋察冀日报》1941年4月25日，《子弟兵》副刊第2期）

迎接革命的五月

李长工

照新历的算法，五月就快来了。五月里有好些个大纪念日，在这些纪念日里，从前出过好些革命的大事情：有五月五日，世界革命大圣人——马克思降生的大事情；有五月一日，世界无产阶级反对压迫剥削，要求解放自由的大事情；有着五月九日，中国的大军阀、大地主、大资产阶级出卖中国，向日本帝国主义订卖国条约的可恶的丑事；有着五月三日，日本帝国主义杀害中国军队和老百姓的大事情；有着五月四日，中国青年学生和全国老百姓反对卖国的军阀地主，反对帝国主义的大事情；更有着五月三十日，中国工人阶级在共产党的领导下，和全国老百姓一起不怕牺牲流血，坚决反对日本帝国主义的压迫，要求中华民族独立解放的大事情。这好些革命大事，都出在五月里，就把五月变成了全世界无产阶级和全中国的老百姓革命斗争的一个月份，变成了检阅自己力量的一个月份，这样，人们把五月就叫作革命的五月。

这个月份就快要来了。咱们全边区的工人阶级和全边区的老百姓们，应该抖擞精神把一切抗日工作紧张起来，拿生产战线上的突击成绩，拿工作战线上的突击成绩，拿认真普遍实行统一累进税的突击成绩，拿保卫麦收的突击成绩，拿彻底正确实行《双十纲领》的突击成绩，创造出千千万的抗日英雄、劳动英雄来迎接这伟大的五月，这才不空过这个伟大的革命的五月！

全世界的无产阶级要在五月里显出拥护和□强大的苏联国家，反对世界帝国主义杀人的大战，中国无产阶级和老百姓更要在这五月里拿出大力量来，反对日本帝国主义灭亡中国，反对汉奸亲日派、反共顽固派杀共产党、杀新四军、挑拨反共内战、破坏抗战、出卖中国的阴谋诡计。迎接五月，全中国老百姓的大责任应该是用全国的力量催促国民党当局，彻底实行共产党的十二条主张！

(《晋察冀日报》1941年4月26日，《老百姓》副刊第58期)

五月的故事

吕清流

五一国际劳动节的来由

这个伟大的故事是出在美国芝加哥这个大城市里。那是一八六八年五月一日的事,离眼下够五十五年了。

这一天,真热闹极了。芝加哥城里到处是人山人海的,千千万万的工人在大街上排成队伍,游行示威,手里拿着大红旗、拿着标语传单,冲过一条街,又是一条街。不管资本家们气得吹胡子,派了多少警察宪兵来镇压阻挡他们,可是哪里挡得住这些团结得铁一样的工人阶级,工人阶级都提起雷一样的嗓子喊:

"八小时工作,八小时学习,八小时休息!"

他们要求"三八制",要求每天做工八点钟,学习八点钟,休息八点钟;反对压迫剥削,要求工人阶级的自由解放。

这些要求,自然那些只顾自己利益的资本家是不能答应的,可是美国工人阶级有铁一样的团结精神,有坚决勇敢的斗争精神和强大力量,所以到底是美国工人阶级斗争胜利了。资本家们瞧着他们那种力量,害怕得厉害,不敢不让步,不敢不答应。

美国工人阶级胜利了!这件事从美国传出来,当时马上传到英国、德国、法国,传遍了全世界,全世界上的工人阶级反对压迫剥削的斗争,更坚决更勇敢了,都大声喊:

"要实行三八制啊!"

"要团结,要斗争,要解放啊!"

工人们都照着世界革命领袖马克思和恩格斯的指示努力干,都照着《共产党宣言》上写的那一句话：

"全世界无产者联合起来呵！"

这件大事过了三年，到了一八八九年，世界无产阶级的力量更强大了。那年，全世界工人阶级的代表们在法国京城巴黎开大会，就决定把五月一日这一天订成为国际工人劳动节。从此以后每年到了五月一日这一天，全世界上的工人阶级，不光都要开大会来纪念这个日子，更拿一切革命斗争的大胜利来纪念这个日子。

"五三"的济南惨案

济南，是山东的省城。一九二八年五月三日这天，日本帝国主义在这个城里残杀了中国很多军队老百姓，连死带伤的够好几万人。十三年间，这件痛心事，就叫济南惨案。

这件事的发生，首先因为中国的资产阶级在那时候背叛了革命，闹国共分家，残杀共产党和一切革命分子，轰轰烈烈的大革命断送了。所以后来国民政府自个儿组织的北伐军，开到华北来和军阀张作霖的奉军打仗，才打到山东泰安县。日本为着援助它的走狗张作霖，为了阻止中国统一，使中国分崩离析，更趁着中国革命团结的力量已经破坏，正好欺负，日本就向山东出了大兵，杀死中国无数的军队和百姓，连国民政府派的代表蔡公时去和他交涉，也给他挖掉眼睛割掉鼻子弄死了，接着日本就占领了济南城和胶济铁路。

这件事正好证明了：（一）日本帝国主义是中国的生死敌人。（二）反共内战就有亡国灭种的危险。

"五四"的革命运动

一九一九年（民国八年），帝国主义打完了上一次的世界大战，打败了德国，都聚在法国的京城，开强盗们的分赃会议。中国派了代表去，要求取消日本妄图灭中国的那二十一条，帝国主义强盗，都是一个鼻孔出气的，对中国的要求完全不理。那时候中国没骨头的政府当局，不敢反对帝国主义，只顾加紧来压迫老百姓，这样全国人民就立刻怒吼起来，轰轰烈烈地干起了对外反对帝国主义、对内反对封建势力的革命运动。在五月四日这一天，首先北京城的革命青年学生集合了五千多人，举行盛大的示威游行，大声喊："反对卖国贼""取消二十一条""不准中国代表在帝国主义强盗的会议上画押"！并坚决要求政府当局把三个卖国贼头曹汝霖、陆宗舆、章宗祥等依法治罪。当天群众因为气愤，并且揍了卖国贼章宗祥，烧了陆宗舆的房子。那时政府当局还想用更厉害的办法来压迫大众，但这次革命运动立刻就得到了全国老百姓的响应，有了伟大的力量，所以逼着政府当局不敢不答应那时全国人民的要求。五四运动就这样得到了光荣的胜利。

一九三九年，西北青救会为了纪念这回革命运动，就把五月四日这一天定为中国青年节，要中国青年在今天大大地发扬"五四"的革命精神。

（《晋察冀日报》1941年4月26日、5月10日，
《老百姓》副刊第58、60期连载）

模范的秀子

□□

二拴子家里的光景不算顶坏,有四五亩水地,只三口人,村东头还有十来棵柿子树、栗子树,一年也能□上五头六十块钱。

孩子还小,老婆也只有二十二岁。今年春天,村里妇女选她做了村妇救会的宣传干事,个儿不大,人顶和气,办事又积极,村里的人都叫她"秀子"。

前天县政府来了三四个同志,在村里住下了。听说要实验统一累进税,大家都很高兴,二拴子心里却有点心不安。

黑夜,孩子睡下了。秀子问二拴子说:"你有什么心思,怎么老不说话呢?"

"县政府来了人,要实验统一累进税。你说咱们按实报呢还是少报一点?"二拴子的眉头皱了一皱。

秀子有些不高兴了,她说:"为什么不按实报呢?"

二拴子担心地说:"去年合理负担时候,咱们总算没摊上公粮,现下实行统一累进税要是实报,保准逃不了,再说又正赶上咱们去年冬天刚买下南山那两亩地!"

秀子很和气地笑了,她靠近二拴子坐的地方温和地说:"你也是明白人,你又是农会会员,你怎么能这样想呢?谁都知道,统一累进税是顶合理、公平的纳税办法,该着谁出多少谁就出多少,要不咱家少报,人家也少报,统一累进税还能实行□?再说统一累进税是按各家的家产收税,钱多的人家就多出点钱,少的人家就少出点,穷得出不起的还可以免税。这个办法是顶公道的,谁也吃不了亏,也讨不了便宜。这年头儿只要咱们有力量,出点钱也是应该的,反正大家都是为了抗日，你说是不是？"

秀子的眼正经地看着二拴子，二拴子的头不由得低下了。她又说："你可知道，俺们妇救会还提出叫大家保证家里实报哩！"

二拴子再也坐不住了，他站了起来，看了看睡着的孩子，有点不好意思地对秀子说："我真的还不如你？□天同志们调查时我一定实报！"

（《晋察冀日报》1941年4月26日，《老百姓》副刊第58期）

忆白乙化同志

金肇野

一个突然的消息传来,白乙化同志牺牲了,当时我有些不大相信,但想起来,又有什么不可能呢?□儿的战争是残酷的,而他又往往在火线上指挥队伍。

在证明你确实是牺牲了以后,多少人都在谈论你的以往,这使我更感到了加倍的哀痛。我记起了,当我在热河义勇军队伍里的时候,"平东洋"是我们很熟悉的名字,失败后在北平相会,才知道平东洋就是你。"九一八"后,曾经凭着几支破枪袭击伪警局,号召青年反抗日本帝国主义,在你的家乡与敌人搏斗。因为这样,使身在辽阳的父亲不敢承认你是亲生的儿子。当时,我们都是一样的失了家乡的孤儿,我们再看看《塘沽协定》《何梅协定》、冀察政务委员会的成立,政府之"长期准备""先安内后攘外"的继续内战。我们是扣着心头的创痛,忍无可忍地望着家乡的沦亡,政府对三千万人民的遗弃。因之,"一二·九"运动你便积极参加了。

这样,□□宪兵司令部看守所里,我们又成了同窗之友。我还记得在一九三六年北平香山夏令营,你是那千百个青年之领袖,就凭着在东北干义勇军时的一些游击战争的经验,和曾在东北讲武堂教导□里的一点军事常识,来教导这成群的青年学生。你是夏令营的总队长,常常你挥动着右手,讲着过集体生活、军事生活,每个字都很□亮地打在群众的心底。你严肃的姿态,是多么使人尊敬啊!

我记得在北平读书的时候,你是在中国大学。

以后你又到绥西去,领导东北流亡难胞在那里开垦,要建设一个理想的新的社会。

卢沟桥事变了，在绥西的白乙化吼叫起来。你是告诉我的，你跑到太原去，找八路军，还被特务人员监禁了几天，再回到绥远，一部分□女孩子已到陕北去了，剩下几十位青年伙伴便组成了抗日先锋队，你就被推选□□个先锋队的司令，就在绥西雁北的前线上与敌战斗着。这支游击队，就在不断地战斗中壮大起来了。

一九三九年春，平西的挺进军成立不久，在一个山庄上无意中我们又□到了，你还是那样高大身子，只是满腮生了丛丛的胡须，骑在马身上，有着西班牙骑士的风度。你告诉我你把队伍都带到平西来了，想名副其实地把先锋队摆在抗日的最前线上。这样，我们又成了亲切的伙伴。那时，你已经瘦了，你说你有肺病，而工作又迫切地需要你。抗日联军司令高志远叛变投敌，你是积极地反对这叛徒，便把那支纪律很坏的部队勇敢地率领起来。第一次指挥这部队打仗的时候是在平西斋堂附近，还有×专员和宛平×县长在一起，可是最后在前线上的只有你们三个和几个特务员，战士们是都溜下山去了。敌人要冲上来了，机枪就□在你们眼前，你很沉着地用一支三八枪掩护两位行政首长安全地撤退。你回来了，仰卧在山坡上，长叹一声，把枪丢在身旁。谁都知道，使这支部队正规化，是一个艰巨的工作。当时多少人替你担心，眼看着这群乌合之众，一点没有政治教育的部队会垮了。然而，你是那么耐心地用布尔什维克的作风团结他们、教育他们，不到两个月，便创造了轰动□西的沿河□战斗。固守据点之敌全部歼灭，我们得到了很多文件和武器。冬季里，挺进军整□了，你担任了现任的团长职务。是□年一月初旬，我们还一起去永定河北开辟新区，又到□郊去活动。就在□历除夕，袭击门头沟、王平口、前军营□万佛堂。我还清清楚楚地记得高线公司的两个锅炉被炸毁，在门头沟附近的高山上听到万佛堂轰炸的巨响，看到通天的火光。那时候你的位置是在凤凰庵，这儿是被你们摧毁了的敌人据点，你就站在这儿指挥作战，我是随着你们的部队走进门头沟的，汉奸伪警都跑了，日本"皇军"不敢走出营房一步，商民在热烈地欢迎你们。

春季反"扫荡"，你指挥的一个团，担负了东□面的战线，在山神庙、碣石岭、青白口，无数次地□击敌人，击落敌机，配合□西全面战斗，完成反"扫荡"的彻底胜利，博得群众拥护和考察团的赞扬。

在春季反"扫荡"结束后，上级决定你在一九四〇年中去完成开辟冀热察抗日根据地的任务时，你是多么地欢喜啊！到最前线上了，到东北的边疆上了，到你的家了。为了收复失地，完成上级给你的革命事业，你已如愿地在这块土地上流了最后一滴血。

平北根据地是用你和无数同志们的鲜血创造起来的。谁说不是呢？沙塘沟之役、五道营子、琉璃庙子、南天门，以及这次白马关附近的战斗，都看到你是那样沉着地立在山巅指挥着队伍，有时你还在吼叫着。我们在□□沟村，你起先是在村边，炮就打在那里，后来你更往前进了，排子枪的子弹打落了我们身旁的杏树叶子，打在那杏树枝上。一个小鬼吓得一缩脖子，你还骂他怕什么。在那个战斗之后，你就率领部队到东北的边境上□，创造丰滦密地区。当我也到那儿去时，路上的老乡们都在□颂着你们胜利的消息。他们不知道你的名字，但只记住你的特征，向上长着的黑黑的胡须。敌人也在打听你的踪迹，手往脸上一比问大胡子哪儿去了？我还记得在白马□□家营一带，总是有二三百个日本兵跟随着你们，你们前进他们也前进，你们住下他们也住下，相距不过四五里地。老乡和敌人都弄不清你究竟是个多大的官，因为你既不骑马，又不吃好的穿好的，什么都和大家一样，尤其跟随你的是一个扛着步枪的壮年。但是你又那么能打仗，对群众的和气态度，和严格注□部队的群众纪律。

在□北，你给八路军带去了良好的政治影响，给沦陷区的人民以无限的希望。然而，你还有很多的工作没有做完，你还有许多的优点和八路军的光荣传统都待你在平北发扬。可是你就在这个时候牺牲了，当你在白马□附近的马营战斗中，虽然以你的英勇而获得战斗上的胜利，但□们总觉得你的牺牲是值得我们惋惜的，因为你还很年轻，你要做许多工作，尤其当你壮烈牺牲的时候，也正是国内反动势力倒退猖獗的时候，中国革命队伍中是多么需要你这样一个坚强的干部啊！同志，你真的死了□？那么你就安息在塞外的风沙里吧！我们——你的未死的伙伴们，肩起了你留下的事业，向着你奔走的方向迈进！

（《晋察冀日报》1941年4月27日）

认真报告和调查

刘春生

统一累进税中顶重要的顶难办的工作就是调查，要调查好，那就是靠每位同胞实实在在来向政府报告自己的财产。要是大家报告得越实在，办得就会越公平，大家纳税也都高兴。可是人们的心眼偏不一样：有的人为了国家为了抗日很实在地把自己的财产报告出来，该纳多少就多少，这样的人就是模范会员；还有的人光顾自己，不管国家，想许多办法把自己的财产少报一点，叫别人多纳税，自己少纳税，这样的人也就是最坏的。这么一来，调查工作就顶要紧了，非得把假报的都调查出来，才能使统累税工作办公平。假如调查不清，办不公平，那么人人都不满意，事情就办不好。

统一累进税要办好，不光是村公所的事，也不光是几个干部的事，而是每个人的事，因为这□事情办不公平，大家都是要多少吃点亏的。

统一累进税怎么才能办好呢？一句话，就是大家认真报告和调查。只要大家肯这样做，什么事情都能办好。

报告调查怎样才会实在呢？

一、干部会员都要起模范作用，先报、实报。特别是干部，全村的人都看着干部怎么样，要是干部不实报，别人也报不好，这个干部在村里谁也就不再信仰他了，不管你平常在村里多么会说会讲，这一下子就露出你的尾巴来了，到底谁好谁坏，一试便知底细□。

二、要劝别人实在报告。假报总是不行的，瞒天瞒地总瞒不住人。告诉他，一个人瞒着，大家都要吃亏，大家都不肯让，总会把他的实在情形调查清楚的，到那时候，瞒也瞒不住，还得受罚，又落个大坏人，那才真丢人呢！不要光说叫他实报，□得大家实实在在去调查，把他瞒着的一五一十都给他说出来，看他怎么样？

三、当大家都报告完了，各团体可以按组织去开小组会，讨论讨论还有谁家的报告得不实在，评议得不公平，谁也不要怕得罪人，昧着良心做事情，这是对边区不爱护。再说怕得罪一个坏人，结果可就把全村的人都得罪了，自己也吃了亏。假如你是干部，那大家就会骂你有偏向，没有替大家办事情。

四、在报告和调查的时候，千万不要采取强迫的办法，有多少就是多少不要乱来，要乱来就有人会吃亏的。谁的不公道可以提到自己团体里，大家讨论讨论，看看怎么样再向村公所提议、修改。

（《晋察冀日报》1941年5月3日，《晋察冀群众》副刊第3期）

青年，像一条长城
——以实际成绩纪念"五四"

长青

事情虽然不稀奇，说起来也觉得很光荣！

在行唐四区沿着沙河的人们，一向是殷勤活泼的！特别是青年们更是朝气勃勃。听说在今年春耕当中，他们又响了第一炮：只河口、寨里、欢岗、岔趣四个村的青年，在沙河沿岸就栽了一万五千多绿树，四行重叠起来，有十七里长！

那里的人们说，沙河沿岸的土壤很适于种树，不但栽上树容易活，而且长得也快。

真是，沙河沿岸又添了不少风光！

(《晋察冀日报》1941 年 5 月 3 日，《晋察冀群众》副刊第 3 期)

革命征途中的边区学生

贾一血

在中国的革命史上，占着辉煌篇幅的五四青年节来到了，它给我们带来了兴奋和愤恨。

五四运动的爆发，不仅给中国学生指出了前进的方向，而更使整个的中国革命，树立了新民主主义的旗帜。

也正因为这样，所以当时的卖国政府，给予了各地参加运动的学生，以严厉的镇压和大批的拘捕，在南京、武汉等地并刺死二十余人。

当前，大后方的同学正受着亲日派、反共顽固派更厉害的摧残，其原因没有两样，也是因为学生要抗日要革命，反对投降卖国，反对反共内战。于是我们看到了，蹂躏青年最厉害的"劳动集中营"公开合法地存在于大后方，里边囚禁着五六百抗日的优秀青年，"教官"对学生有着任何打骂、欺侮的自由，这是为什么呢？他们响亮地讲过："要知道，我们是一党专政的，没有什么客气的必要！"

课目是托派的"抗战与文化"，汪派汉奸的小册子，所谓"教官"则是众人周知的民族败类叶青、张慕陶之流，教育的中心目的在于摧毁同学的抗日思想，消灭同学的救国意志，企图把进步的学生变为与他们同样的人民公敌。

一般的学校里同学们看不到进步的《新华日报》《新中华报》等，行动言论要处处留心，否则会遇到逮捕、囚禁，更使学生不能自由呼吸的是有特务分子的绑架与暗杀。

这里告诉了我们，亲日派、反共顽固派，在未钻坟墓以前，对前进学生的屠杀摧残是永远不会停止的。

同样，在亲日派、反共顽固派，对学生抱着摧残的野心、举着屠刀的时候，学生不但没有屈服，而始终是坚决愤怒地反抗着。

在"五四"以后又来了"一二·九""一二·一六"，它也像蒙古大戈壁中的大风沙，无情地打到反动派的脸上，也正像人民领袖毛泽东先生说的："五四以来中国青年起了什么作用呢？起了先锋作用。"

在目前，学生运动同样澎湃地开展，特别在共产党领导的区域及广大的敌后方。

我们边区学生大部来自农村，曾是青救会员与儿童团员，与农村青年一块长大，本身就是农家子弟或农民，今天已是革命的知识分子，或正向知识分子的道路迈进。过去的知识分子已参加到抗战的各个战线上，我们必须与工农青年更加结合，使工农青年不断地走入知识分子的行列，而知识分子永远为民族为大众服务到底。

边区政府所创设的各大、中、小校，适合敌后抗战的环境及前进学生的要求，是为广大的青年而开设，并非为少数的"少爷""小姐"所创办。科学的革命理想、丰富的抗战知识，武装着我们的头脑，进步的教育方式、正确的师生关系，每个同学都感到快乐，在不侵害民族的利益下，我们有着任何自由，我们组织了"学生会"，为加强学习，组织了讨论会、各种学术研究会，为教育群众我们可以出墙报、组织剧团宣传队……学生在学校是能动的主体而非被动的客体。因此我们与学校与各位进步的师长，不是尖锐地对立而是坚决地拥护，对学校的各种建设教育计划，不是积极地破坏，而是保证其十足地完成。

边区学生不但向书本上学习，而更向战斗中、社会活动中，边区学生都直接间接地参加了每次反"扫荡"，在战斗中曾有过光荣壮烈的牺牲者，并在残酷的炮声中坚持着学习；在生产建设中创造了许多劳动英雄，有着许多学校，菜蔬□□□的培植，几□□□烧柴靠自己□□□小学生这样□□□他们的□生□□□……"大家□□□虽然小，可□□□疲劳，用□□□土，一霎时□□□把一大块地□□□！"在学校□□□划成了一文化□□，经常进行□□□动，我们将更加发挥学习与实践的一致，勇敢地卷入边区新的财政建设中，负起推行统一累进税的任务，更在宣传战线上，展开对敌的攻势，粉碎敌人及其走狗"强化治安"的迷梦。

在悠长的革命征途中，我们边区学生是这样地成长和壮大：我们的壮大是靠了共产党指定的道路。共产党的道路才是中国学生正确的道路，"五四"以来廿多年的历史证实着这个真理。

全国的学生要走正确的道路，正确的路上，才不是孤立的，才有自由、光明，才会将亲日派、反共顽固派的阴谋踏碎！

（《晋察冀日报》1941年5月4日）

大后方青年在苦难中

奇沧 编

虽然"关山阻隔",大后方的消息很难听到,然而在各类报纸、杂志上,也可以看到些底细——大后方的青年朋友过得是饥饿、贫困、不自由与恐怖的黑暗生活!我们要为大后方的青年朋友们控诉、申冤!

"流浪街头,沿门乞讨!"

去年陕南安康地方是个荒年,小米一斗十五元还买不到手。流亡过去的青年,真是感到万分困苦,要求当局救济,但是当局"高高在上",哪里看得起"小民"!于是好多青年男女流浪街头,沿门乞讨!

"'哎呀!哎呀!'地叫苦。"

在天府之国的四川,许多学校已改吃"混合饭"(菜和饭混合成的稀饭)了。有一个学生,他这样描写没有吃油的生活:"三百多人,每天还吃不到几斤油,所以同学们的嘴都干裂了;在厕所里蹲着的人,只是'哎呀!哎呀!'地叫苦。"

"交不起学费就别来读书!"

在西安的一个学校里,大多数学生都是来自农村中的贫苦学生,家里生活非常困苦。物价高涨,每月出十二元饭费还吃不饱。一个贫苦学生一月出十二元钱,就是很困难的了,但是除了饭费以外,学校还要学费啦、杂费啦……一个最穷苦的学生向学校要求免学费,然而校长的答复令人非常痛心:"不行!交不起学费就别来读书!"

女同学挨了打，蒙起被子来哭个不住！

西安附近的学校又恢复了封建的体罚制度，又打又骂，野蛮到了极点。许多女同学因为挨了打满肚子冤屈不敢说话，噙着眼泪咽下去，一到夜里就蒙起被子来哭个不住！

在堂堂的国立师范学院，因为一个学生见了导师没行礼，竟被导师骂得"狗血淋头"，当场痛哭起来。这个学生本来功课很好，可是因为这件事，考试时没有及格！

受的是奴化教育

抗战一开始时大后方的同学就要求战时教育，向校长请愿。武大校长王星拱、北大校长蒋梦麟两先生的回答是很老实的："我在外国这么多年，没有听见过这个名词，你们要战时教育，我们的教授先生怎么教呢？"所以现在大后方的学校里讲的是"三纲五常""孔孟之道"，就连"中山全书"也没有人提倡了。

"不能说是投降！"

去年春天汪精卫当了汉奸，一所中学校长对学生说："汪先生此次出去，不过是与政府的意见不合，不能说是投降。"学生们觉得校长的话很荒谬，去找教员，不料教员竟说："你们知道什么，校长的话还能错吗！"

恐怖的学校

现在大后方的学校，大部分都有了国民党的特务组织。他们专门侦察同学们的行动和思想，偷看同学们的日记、信件，偷翻同学们的包袱……并且常常无故殴打一个同学，看谁出来抱不平……除此之外，同学们在夜里睡梦时，忽然会有人闯进来，摸着比较耿直的同学乱打一阵，便又扬长而去！

"到床褥上去救国！"

大后方的青年妇女，被迫到国民党特务机关办的训练班去受特务人员的侮辱教育，他们叫妇女："到床褥上去救国！"

不漂亮的女同学（或结了婚的）找事情做是非常困难的。贪污的官僚却拼命讨小老婆，不断地丢了旧的又换新的，他们蹂躏青年妇女，比禽兽还不如！

许多女同学被生活压迫去当妓女，或者到澡堂里去替人搓澡。许多女同学衣不遮体地流落街头，无人过问……

大后方有许多进步的青年被逮捕了，被暗杀了！

从这些事实当中我们可以知道，大后方的顽固分子，对付青年的手段是最残酷最毒辣的！

但是，广大中国青年是不会屈服的！我们要进步！要自由！来，全中国的优秀儿女！举起我们的武器，向黑暗势力反攻吧！

（《晋察冀日报》1941年5月4日）

屈服不了的心
——纪念青年烈士孙虎同志

大方

此恨何时消？誓把血仇报！

一九四〇年五月×日，灵邱西沟村被敌人包围了！除了烧杀、抢掠、奸淫……临走还绑着一个坚决抗日的青年——孙虎同志被捕了！

敌人是凶恶的，也是狡猾的、阴毒的！

在敌人的刑具上，孙虎同志死过几次，都被凉水喷醒了。血肉随着鞭子飞起来，鬼子发狂地笑。火红的铁放在胸口上，孙虎同志就晕死了！……但是，不管敌人如何残暴，屈服不了的心是永远不会屈服的。

敌人也曾用"巧计"，汉奸头也来了丑恶的"甜言蜜语"：

"只要你稍微变变态度，什么都好说，花钱有钱，还有漂亮的姑娘陪宿……"

然而，所得到的回答是：

"在敌人面前，没有屈服的道理！除非那些丧尽天良的民族败类，才会出卖祖宗给日本人当奴才！"

孙虎同志被杀了，杀得真惨！杀掉了头、杀掉了腿……放在锅里煮！因为汉奸头报告了"日本老爷"说"这小子的骨头真硬"，要"日本老爷"煮煮喂洋狗！……

誓把此仇报，仇报恨也消！

(《晋察冀日报》1941年5月4日)

青年的故事

黄□□　伏文 改

他们懂得怎样去艰苦奋斗

这次我们队伍出发到路东担负任务的时候，有这样几个青年同志，做的事情很叫人感动。

首先是通讯员曹□吉和郭振玉，那天到别处去出差，回来时部队早已出发一天了。当下他们带上文件打黑夜拔腿就□，一直追赶一百多里才赶上队伍。恰巧队伍正在集合，要出发。连长说："你们吃点饭再走吧。"他们用手抹去脸上的汗，说："年轻小伙子，不吃饭走一二百里路有什么问题呢！不要紧，走吧。"他们说着，就脚点没停跟随队伍走下去。走了三十多里，到了铁路上，队伍过了一半，被王八窝的敌人发觉了，敌人就鸣枪射击，恰巧铁甲车来了，探照灯乱晃，机枪大炮混打一阵。首长叫他们过路去联络，他们在炮弹枪弹猛打和明亮的灯光下，大胆沉着，来回跑了三趟，结果把队伍很安全地都带过铁路。过铁路以后，走了三十多里才宿营休息。他们进了房子，把东西一放，就找扫帚、借铁锹、泼水扫地，整理内务，忙个不休……

小小的年纪大大的责任心

再说小卫生员朱银顺，生来天真活泼，白天行军，他给身体较弱的同志背东西背枪，有走不动的，还替他解释鼓励，使大家都不掉队。队伍走了一百多里，夜里过铁路。敌人的火车来了，有个别同志慌乱起来，他小个子站在前头，给别人解释，叫别人隐蔽好。等到到达宿营地，队伍一夜没有休息都疲乏了，别人都忙着去睡觉，这时可看出他的人小责任心大，他一会儿也不休息，满处去检查督促各班的同志洗脚洗脸，并且很耐心地给有病的同志医治，给脚痛的同志冲洗上药，直到自己没有事情了才回来。

八路军人特有的智、仁、勇

另外，还有两个模范青年是陈四利和张生金，他们有很好的革命友爱精神。在路上，抢着夺着的给病号背东西；过河时，他们把绑腿鞋袜脱下来，背起病号就走，有的要自己脱衣服过水，他们坚决不肯。到铁路边上以后，敌人的枪炮打得非常激烈，许多伙夫都慌张了。这时，陈四利同志很沉着地卧在那里，等敌人稍停了一下，他立刻跨过铁路去，迎面遇到副连长。副连长叫他回去把伙夫招呼过来。他接到命令，就丝毫不停留又回去找伙夫同志，等他最后再过铁路时，走到一块花生地，敌人就发觉了，机关枪弹向他射来。他没有慌张，卧到花生土堆旁边听着，敌人还□他面前打了一炮，弄了他一脸一身土，但是他直到敌人觉得乱打没有来头以后，才趁着枪炮停止的夹缝里，飞跑过铁路这边来。这小同志，我说他不但对革命负责任，而且脑筋也是十分不简单的。

（《晋察冀日报》1941年5月4日，《子弟兵》副刊第3期）

纪念"五七""五九"

李长工

五月七日、五月九日,这两天正是中国的国耻纪念日。纪念的事情是:一九一五年一月里,日本向咱们提出了灭亡中国的二十一条,到了五月七日这一天,更想出许多诡计,逼迫中国承认。那时候卖国贼头袁世凯正拿着国家的大权,正想借日本的势力当皇帝,就全不管国家民族的利益,到了五月九日就跟日本画了押,把二十一条亡国条约全都答应了。这是中国卖国贼干的一件顶丧天良的丑事,所以,"五七""五九"叫作国耻纪念日。今天全中国的老百姓正在为了反对日本帝国主义灭亡中国,坚决跟帝国主义血战着。

可是今天中国的一些大地主大资本家,又想学袁世凯的干法。他们为了要压迫老百姓,为了要做一党专政的"皇帝",正用反共的内战破坏中国抗战,让中国老百姓走亡国灭□的死路。

但中国老百姓都坚决反对走亲日派、反共顽固派灭亡中国的死路!

早先卖国贼袁世凯想做皇帝,可是全中国老百姓都反对他,结果袁世凯还是失败了。今天谁要走袁世凯这条路,他的结果一定也是死路一条,因为全国老百姓是早下定决心要和日本帝国主义干到底。谁投降,不抗战,谁就要给全国老百姓打倒,汉奸汪精卫就是一个例子。因为今天中国有强大的共产党、八路军、新四军和决心抗日的全中国老百姓,反对他们这种投降破坏的行为。

眼下发生汤恩伯部下,一个纵队自动脱离亲日派的队伍,发出宣言不愿意和那些坏蛋们一起去干反共内战的坏事情,希望和新四军齐心合力打日本。这件事,全证明了全国军队老百姓,都是坚决反对反共内战、反对投降的,全中国老百姓都坚决要走自由解放的道路的。

今天顽固派要不早早回头悔过,彻底实行共产党的十二条,那他就是自己找死,反正全国老百姓是要抗战的,谁也挡不住。

纪念"五七""五九",全国团结抗日的老百姓就要更加小心,更加努力,绝不让谁今天干卖国贼袁世凯的勾当!绝不许中国再有那种耻辱!

(《晋察冀日报》1941年5月6日,《老百姓》副刊第59期)

"属人""属地"

张有福

从前,我已经谈过一些统一累进税的做法了,什么标准亩啦、富力啦、免税点以及它的伸缩啦,都谈过了。现在再谈两个统一累进税里的新名字:"属人""属地"。

要是咱们边区所有老百姓的财产和收入都在他自己住的村里,这事情就简单了。多少人口,多少财产和收入,算下来应该交纳多少税,就交纳在咱们自己住的村里,就完了。可是除了这种情形以外,还有好几种不同的情形呢!第一种是人在这个村里住,财产和收入却在本县的另一个村里;第二种是人在这个县里住,财产和收入却分散在另一个县里;第三种是人在边区住,他的财产和收入却在边区以外的省或县里;第四种是财产和收入在边区,但人却不在边区住。如果遇到这种情形的时候,怎样算和怎样交呢?究竟在人的地方算和交呢?还是在财产或收入在的地方算和交呢?问题就在这里。

如果在人住的地方算或交,这就是叫作"属人"计算或"属人"交纳,总起来叫"属人主义"。如果在财产和收入在的地方计算和交纳,这就叫作"属地"计算或"属地"交纳,总起来叫"属地主义"。

究竟咱们边区对于这些的办法是怎样规定的呢?咱们边区对这些的办法,还是按照它的不同情形分开来规定办法的。对于第一种,就是财产和收入与人住的村子,虽说不是一个村子,可是却在一个县里,在这种情形底下,计算分数是"属人",交纳税款是"属地"。这就是说,将一家散在各村的财产集合起来,计算这一家应该纳的分数,计算出来后,纳的时候,按照他在各村里有的财产和收入的多

少，按份儿向各财产和收入所在的村子，交纳税款。第二种，就是人在这一县，他的财产和收入却在边区的另一个县，对这一种情形，咱们边区规定：在他那财产和收入所在的村子立一个户，算分数，交税款也交到这个村子里。如果财产和收入还在这个县的好几个村子里，那就在这几个村子里都立一个户，把这一县里的几个户，总和起来计算分数。再按他的财产所在的村子，把他所该交的税按份儿交纳。第三种情形，就是人在边区，他的财产和收入却在边区以外，如果遇到这种情形，就完全采取"属人主义"，就是说，计算是在人住的地方（如边区的某村），交纳也就交在他住的那个村子。第四种，资产和收入在边区，人却不在边区，比如边区以外的人，在咱边区有田庄或生意，在这种情形下面，那就完全是采取"属地主义"，就是按资产和收入所在的地方，计算分数，交纳税款。但人既不在边区，算下来，又教谁纳呢？这有办法。无论资产和收入既然在边区，那在边区就一定有它的经管人和经管机关，这些算下来的分数应该交的税，就让这些资产和收入在边区的经管人来交纳，这是没有错的。

  关于这些道理，我本来想还举几个实际的例子来说明它，可是篇幅有限，不能了。好的是这些都是我们老百姓实际生活里常常经历到的事，只要一讲，大家就都明白了，也用不着怎样重重复复地多说。

（《晋察冀日报》1941年5月10日，《老百姓》副刊第60期）

八路军的敌伪军工作

柳舒

中国抗日战争,是民族自卫战争,是反对日本帝国主义而不是日本人民。因为,侵略中国,灭亡中国,只对日本军阀财阀有利,而对日本人民,则除开贫困、饥饿、死亡之外,别无所有。中国必须坚持长期的抗战,才能获得自己的生存、独立和自由。而日本人民也必须反对侵华战争,打倒本国军阀财阀,才能获得本身的解放。所以中华民族和日本人民,不是仇敌,而是利害一致的朋友。我们不能只看到侵华战场上日本士兵都是日本人民大众,而不是日本军阀财阀自己,就忽略他们是被迫与被骗来参战的事实,而将之混同一体,视为同是□仇。不仅在理论上,而且在事实上,告诉我们日本人民是反对侵华战争的:自杀、逃亡、哗变、暴动、投诚……就是明显的反战烽火。

八路军是共产党领导的军队,有伟大的国际主义精神,既爱自己民族与同胞,又爱世界一切被压迫的民族与人民。因此,在对敌战斗中,为了土地与人民不被践踏,而英勇坚决地消灭敌人,没有怜悯与宽容;但在敌军已解除武装而失去战斗力的时候,则即以兄弟的情谊对待之,把民族解放与人类解放的两重责任同时肩荷起来。这是中国共产党及其军队的照耀宇宙的光辉。

由于正确的对敌军的方针,四年来,我们获得了光辉的成绩,不仅在八路军中的日本士兵享受了自由幸福的生活,在国际主义的滋育下踏上日本人民解放的道路,即使在日本军阀残酷压迫下的日本士兵也能突破军阀的束缚与欺骗,而了解八路军对日本人民的友爱,增长着反战的革命情绪,敌军缴械、投诚的事实随着战争之延续而不断增加,正是最好的说明。

中国抗日战争和日本人民反战怒潮,互相绞合,彼此汇流,预示着中国抗战胜利的曙光。这曙光更振奋了我们对敌军工作的信心，朱彭总副司令这样训示我们：不许杀害或侮辱日本士兵，□□□俘虏腰包，优待日本士兵，对其愿回国或归队者，使之安全到达目的地；对其负伤或患病者，□□给以医治；对其战死或病死者，要妥善安葬，并立碑志；对其愿在中国工作或学习者，给以最大方便；对其同家属及亲友通信者，给以自由。我们相信，这个正确方针，必然带来更灿烂的成绩来。

对于伪军，因为他们是受敌人欺骗强迫高压而被骗上自相残杀的战场，他们有良心、有热□，感受敌人摧残欺凌最深，而怀念祖国的心绪极高，所以八路军更发扬高度友爱，深切了解他们的痛苦，并且竭力来解除他们的痛苦，凡是不甘心为敌人奴役，不敌视八路军者，我们绝不侵犯他们。凡是被俘或者反正过来之伪军，如系个人或少数人，愿意回家者，发给路费，愿意参加部队者，分配以适当工作。而整队反正的，则绝不改编，绝不撤换□人员，并且帮助其发展，视为兄弟手足，尽一切可能予以优待。因为这是抗战力量的壮大，八路军把这种帮助看成自己神圣的责任，无比的光荣。我们的态度一贯是光明正大的，许多从敌人压迫下走上抗日战场的武装同胞，在八路军不断帮助下而发展壮大的事实，正充分证明了这点。

八路军是中华民族与中国人民的忠实卫士，同时也是一切被压迫民族与人民的战友，它有对民族与人民无比的忠贞，也有对人类崇洁的挚爱。辉煌的国际主义精神，永远闪烁在八路军一言一行之上的，对敌伪军的正确方针和态度，正是此种精神的具体发挥。

（《晋察冀日报》1941年5月11日，《子弟兵》副刊第4期）

反 对 迷 信

马克思说,"宗教是人类的鸦片",但旧社会是不能根绝宗教的,"现实世界之宗教的反映,必须等实际日常生活关系在人面前表现为极明白极合理的与人的关系和人与自然的关系之后,才会消灭的"。所以列宁认为无产阶级的反宗教斗争,在革命胜利以前主要的□是政治经济斗争。"在阶级斗争的基础上来具体地进行反对宗教"……比任何其他的东西更适合教育更多的群众,而在取得政权以后,文化教育工作就日益表现其重要性:"一切现代社会,使广大的人民陷于黑暗、无知与偏见——应该把各种各样的无神论宣传材料供给这些人民,应该把各种各样的生活的事实告诉他们,应该从各种各样的途径去接近他们,以引起他们的兴趣,使他们从宗教的迷梦中觉醒起来。"

宗教跟科学相反,因为科学承认世界和人生有一定的道理,迷信却说世界和人生没有一定的道理,全凭神仙鬼怪命运灵魂的摆布,全凭各种宗教仪式和法术在事前预告一些,在事后挽回一些。□论就道理□□□事实讲,迷信都是错的,科学都是对的,所以科学一天天进步,迷信一天天消灭。

毛主席说过陕甘宁边区有三大害,就是迷信、不识字、不讲卫生。这句话不但在边区,在一切落后地区、落后群众中都是适用的。为什么迷信能成一大害?这就是因为迷信一害就又有三大害。第一,它害得人们家破人亡。家里本来穷,因为迷信,还要东烧香、西拜佛、算八字、看风水,白白丢了钱财。娃娃本来瘦,因为迷信,生了病不请医生看,却在家里胡日鬼,白白丢了性命。这还不是家破人亡吗?第二,它害得人们短了志气。生活不好,政治不好,迷信说这是命该如此;日本强盗来了,国家快要亡了,迷信说也是命该如此。于是不是躺着等死，就是等天王老爷大发慈悲。这样的个人、社会和国家还有救吗？第三，它还要窝藏匪类。世上既然有糊涂人整天疑神见鬼，也就有混账人利用他们的糊涂，故意讲出一派胡言，组织许多团体，来干种种招摇撞骗、奸盗邪淫的勾当。这种人被顽固派收买了，就帮助他们闹摩擦，被日本强盗收买了，就帮助他们亡中国，简直是为害无穷。如果人们都不迷信了，这种匪类还能像现在这样猖獗吗？可见迷信不干好事，专干歹事，有百弊而无一利。我们无论是要生存、要进步、要革命、要抗日，都不能不打倒迷信。

迷信虽然说荒唐，但它既然是个根深蒂固的东西，要打倒可要花些心机，费些手脚。一切进步的青年组织和一切觉悟的青年，首先要成为反迷信运动的先锋，把反迷信当作自己的重要经常工作之一。为此，第一，要做广泛的、耐心的、灵活的宣传教育工作，把正确的道理，尤其是气象医药和社会道理讲给大家听，但是不要扯得太深太远太复杂，要注意抓住眼前的具体的实事，使大家听得懂、听得入、听得津津有味，恍然大悟。第二，要以身作则地实行起来，凡是不承认迷信的人，都要不怕旧社会的笑骂反对，自己坚决不依迷信的习惯，不跟迷信妥协。现在真正迷信到底的人其实是很少的，但是两面派却不少，只要不妥协的分子一天天地增加了，社会的风气也就会慢慢地转移了。第三，要经过政府教育机关和各种群众团体通力合作，一面由政府在上面命令，一面由教育机关和群众团体在下面动员起来。首先消灭那些用迷信祸国殃民的人，其次消灭那些靠迷信穿吃发财的人，□是向迷信步步进攻，以求其逐渐地消灭。第四，要不过火，不要引起大部分群众的反感，和它们尖锐地对立起来，因为这样不但并不能消灭迷信，还会妨害其他更重要的工作。迷信的真正消灭，主要还是依靠政治经济文化教育的进步。如果不同时努力于这些方面的工作，迷信问题就不能够得到最后的解决啊。

（《晋察冀日报》1941年5月13日，《文化思想》副刊第7期）

敌我的困难是根本不同的！

李云　崔万金

崔万金做敌区工作很久了，成绩很好，人人都称赞他，但是崔万金每次回来，见到游击小组的组长李云的时候，往往总还受到一些批评。李云的态度是那样的诚恳温和，经验又是那样丰富，崔万金平常尽管觉得自己的能力不弱于老李，但是说起道理或是学习上的问题的时候，老崔却实在佩服老李。这一次老崔又回来了，夜间在老李的房里，谈起工作中的一些"困难"，两人的争论比任何一次都激烈。

"你不能说这样的环境不是我们工作开展的困难条件。"老崔这些日子的确是被敌人的新的阴谋花样，引起了一些急躁和苦恼，因此他照例总有一些牢骚的话。

"同志！任何时候，任何工作，不能没有困难的，我们大家天天说要克服困难，只要主观努力，困难总可以克服的，这句话不是凭空说的，这是有理论根据的。"李云常常引导这些实际工作忙碌的同志们从理论上去了解问题。

"那么，我问你，客观决定主观，这句话怎么说？难道只凭主观的努力，什么客观的困难条件都可以不怕吗？日本鬼子为什么一定要失败，那不是客观的条件注定了他的倒霉运，没法逃脱的吗？"

"谁说不是，客观是决定主观的，比方，中国现在所以全国一致坚持抗战，是由于日本帝国主义要灭亡中国这个客观事实所激起的。但是，我们坚决抗战到底的行动，最后你说会怎样？"

"一定会把日本鬼子打出去。"

"对了，一定把鬼子打出去。但这样不是又把日本鬼子要灭亡中国的这个客观的形势改变过来了吗？"

"这样我们中国人民抗战的主观的斗争完全就战胜了客观的亡国危险了。"

"对了。但是还必须要知道,中国抗战所以一定要胜利,那又是因为我们的抗战是代表着正义和进步的力量,代表着客观世界运动发展的方向。日本帝国主义不管他怎样费劲、用心思、耍诡计,终究要失败,就因为它是违背客观世界运动发展的方向,它是反动的势力。"

"啊!是呀!这道理又深一层了,这才算真懂得客观决定主观的道理。"

"可不是,就因为我们的工作不是违反客观发展的必然方向,而且我们的工作正是反抗那些违反客观发展的必然方向的反动势力的,所以,我们就能够克服一切暂时的部分的客观的困难条件,而日本鬼子的困难却是始终不能克服的,他一定要死掉。"

老崔高兴起来,不断声地叫着"我懂得了",他心里着实佩服李云。他明白了:敌我的困难是根本不同的!我们的困难是进步中遇到的局部的暂时的阻碍,一定会被克服下去;敌寇汉奸一切反动势力不管他们怎样拼死挣扎,却是永远不能把他们失败的命运救回来的!

(《晋察冀日报》1941 年 5 月 13 日,《文化思想》副刊第 7 期)

井陉敌占区：敌寇暴行种种

镜湖

井陉县好大部分是敌占区，敌寇残酷凶暴地屠杀奴役着那里的同胞。

勒索要款、抓夫抽丁。敌人每次要款，最小的村庄也要百元以上，据我们的调查，只二区南陉、南防口、杨清、刘家会、洛阳五个村庄，从去冬鬼子在那一带修堡垒后，到现在五个月的光景，敌人要款总计在二十八万以上。南陉村子较大，五个月中，敌人要款在二十三万以上，其他杨清、北防口等村也都在万元以上。不但要款而且要粮，并要狗与他们看堡垒，要筑堡垒的石头石灰，把堡垒附近的树木都砍去修堡垒，什么搭桥的木板呀、电线杆子呀、柴呀、草呀，都是向游击区老百姓强要的。敌人还时常抢劫集市，打劫行人。老百姓们的生活，一天天的更苦不堪言了。

鬼子还时常抓壮丁、捕青年，逼着去给他当炮灰。抓青年受训，受训后强迫当伪军。同时敌人为了"强化"其统治，破坏我春耕，每天强要大量民夫，敌占区许多大好良田都荒芜了。

奸淫妇女，要花姑娘。鬼子强迫女人们照相，逼其脱去上衣，鬼子拉着她们的奶头哈哈大笑。

最近北陉等地鬼子每天向各村要十几名妇女，带上红被子供其糟蹋。

屠杀毒打，肆意蹂躏。见了鬼子不行礼的人就要挨打，有些竟被毒打致死。

鬼子来了，强迫老百姓打扫街道，行礼"迎接"他们，鬼子有时无缘无故地叫一个老百姓打另一个老百姓耳光，如不用劲地打，鬼子就会暴跳起来，狂打一顿。

在鬼子过去利用汉奸坏蛋及无知落后的人组织的那"红枪会"失败后，现又改名"佛教会"，强迫全体民众参加。每天每人要喝三碗冷水，向毒炎的太阳跪着，并说这次叫你们真有法力了。大多数的同胞，都是暗暗地哭泣。

尤其可恨的是强迫各村每天给敌人看守堡垒的狗送肉送饼，而大多数老百姓被迫吃糟糠。

要活下去，就得把这□血债都要清算。今天敌占区的同胞，都向着敌寇展开了更残酷的斗争了。

(《晋察冀日报》1941年5月14日)

八路军是个大学校

秀华

说起来谁不奇怪了,八路军的许多高级干部原来都是战士、宣传员、庄稼汉、苦孩子出身,过去本没有什么知识的,然而现在不仅能长篇大作地写文章,读高深理论的书,而且已经成了出名的军事家和政治家了。他们为什么能这样呢?如果你忘记八路军是个大学校,就不能对这个问题得到解释。

但是,事情更奇怪的是,一进八路军,人们的进步就比上什么学校都快。比方一一五师的陈光师长、我们一分区的杨成武司令员,十多年前还都是没有什么知识的苦孩子,现在也还是青年,但已经成了文武双全的八路军出名的将领了。拿近的说吧,边区子弟兵大多数指战员,一两年或者三四年以前没参加部队的时候,难道不都是庄稼汉老粗吗?可是现在已经不仅起码认识三百字到几千字,而且在政治认识和文化知识上,比起普通学校的一些学生来,简直是有过之无不及了。

为什么八路军是这样好的一个大学校呢?我想这理由就是:八路军不是别的大学校,而是个革命战士的大学校,是个学习和实际斗争紧密联系在一起的大学校,是共产党领导的有进步的教育方法的大学校。特别因为它是共产党领导的,所以教育是为着使人们尽量去追求真理和进步,这和大后方顽固分子的教育目的完全不同。

八路军的生活,除了作战和工作以外便是学习。学习的内容很多,有军事、政治、文化(包括识字、算术、自然常识、社会常识等等),由浅入深,由少到多,由中国到外国,总是学习。每天上课,开讨论会,还有自修,还有读报、开晚会、开军人大会和干部大会、党员大会等等,来进行教育。各连有俱乐部,在里面成立军政时事研究、情报、文化娱乐、体育、经济、卫生各种组织,设备学习和游戏的场所,作为战士和干部课外活动的地方。

谁都认为学习落后是可耻的事,学习好的对学习落后的就自动帮助,于是部队中总是充满着学习热潮。蠢笨的人也聪明起来,活二三十岁没有学习过的人,今天也要变成知识分子。当了一年战士,自己常常觉得变成了另外一个人,知道了几十年所不知道的事情。

八路军是一个大学校,不是简单的只爱打仗的军队。

(《晋察冀日报》1941年5月16日,《子弟兵》副刊第5期)

看见聂司令

小尹

献枪

一个游击小组，从敌占区远道赶来参加五四青年大会。他们这一群青年小伙子，也有青年姑娘，全副武装腾腾地走上演讲台，把他们从敌人手里夺来的上着刺刀的三八枪、子弹盒、手榴弹……献给聂司令。他们压不住心头的兴奋，咧着喜笑的大嘴向聂司令致了青年的敬礼，然后争着把自己得来的武器交给聂司令。他们热情的天真的眼睛向聂司令看着，等待聂司令把东西收下。聂司令的双手抚在他们拿着武器的手上，说："同志们，拿回去吧！拿着它再去打敌人，再多多地缴它的！"

演习

在人山人海的那边，紧接着轰！轰！几声，是青抗先正在演习火枪和土炮。聂司令远远地赶来，一边问大家："打得多远？准吧？"一边就走到人群里边去，向那边正卧在地上的土炮组瞭望着。他细心端详那些青年们的每一个动作。他们这些战斗动作，已经一天比一天熟练。他们不但自己想办法得到了武器，而且会郑重其事地很好来使用这些武器。我看到聂司令的面容上，总是透露着庄严的欣快的光彩。

（《晋察冀日报》1941 年 5 月 16 日，《子弟兵》副刊第 5 期）

浮图峪的伏击歼灭战

罗元发

四月十八日的拂晓以前,我们在浮图峪的小河村附近,替敌人准备了一处绝命的坟场。当太阳高高升起,一百多名敌人,就带着运输队从王安镇赶来了。

上午九点半钟,敌人全部进入了我们的伏击地区,山顶上便突然升起震碎敌人心魂的冲锋号。

我们的机关枪在山顶上向下扫射着,埋伏在汽车路边村里的战士们,迅速地冲向敌人。六排长徐□三同志也带着战士从山上冲下来,在汽车路上,他接连挂了两处花,声音变得更有力:

"冲呵!坚决消灭敌人!"

不到五分钟,山上山下的战士们都和敌人展开了白刃战。

敌人丧魂失魄,乱闯乱叫地跳到拒马河里,我们稠密的子弹把拒马河水激起灿然的银花,拒马河奔腾怒吼着,吞没着敌人。一个敌人,还没有把机枪在河岸架好,忽然身子一仰,身边的河水就变红了……

残敌四十多名拖泥带水踉跄地逃到河的北岸,北岸我们的机枪又叫起敌人绝命的声响,截住了敌人,把敌人困守在一个小高地上。河那边的战士们也渡过奔腾的拒马河,勇猛地向敌人冲锋。

已经负伤的青年共产党员李定□同志,他把伤口扎好,又继续往上冲,敌人的子弹打伤了他的胸部,他挣扎着向伙伴们喊:

"同志们!你们不要顾我!坚决地冲上去,彻底消灭敌人!"

我们的手榴弹,"轰轰"地在敌人中间粉碎开来,我们的刺刀闪着光,残敌都一堆堆地倒下去了。

战士们用喜悦的眼睛看着身旁的战利品——一门山炮、轻机关枪二挺、四十多支步枪、几万发子弹和八十多个满载弹药的驮子……而整个战斗的时间还不到一个钟头,敌人的全部就在我英勇的边区子弟兵的铁拳里毁灭了。

我们取得了伏击歼灭战的光辉胜利。

(《晋察冀日报》1941年5月16日,《子弟兵》副刊第5期)

寄给武贵哥淑贵哥的一封信

张武香

武贵哥、淑贵哥：

自去年"五四"的时候，我参加了青年支队，到现在已整整一年了。"五四"节又欢快地到来。在这一年当中，自己有了什么样的进步和成绩呢？就不能不来检讨一下，告诉给你们，因为你们时时刻刻在关心着我，挂念着我。

武贵哥、淑贵哥，你们还记得吧，当我参加青年支队的时候，还不认识多少字，还不了解什么问题，到现在就不同了。虽然不能说我已经是一个了不起的人物了，但我确实有着不少的进步。例如，在军事上，我很不错地学会了前进法、侦察法等动作；在政治上，了解了日本帝国主义和日本人民的分别，了解了什么是亲日派和反共顽固派，了解了抗战的八个胜利条件等；在文化上，不但能认识了几百字，并且进一步地学会写日记、看报、写稿子了。这真是我料想不到的进步和成绩呀！

再把我们的生活告诉你们吧。我们的生活是快乐的、紧张活泼的，跳舞呀、跳高呀、跳远呀、骑木马呀、赛跑呀、盘杠呀、唱歌呀、演说呀……简直真是快乐极了！所以不到一年的工夫，已经把我锻炼成全文全武的革命军人了。这真是青年人快乐的学校、幸福的乐园啊！

武贵哥、淑贵哥，这样青年的快乐学校青年支队不是我们独有独占，它是全边区青年人自己的队伍，每一个青年都有参加的福气，并且全边区青年都应该关心这一个青年自己的武装。所以我希望你们，或动员咱村子的青年及亲戚，赶快坚决勇敢走进自己的武装，参加青年支队，我们共同携起手来，站在抗日的最前线——晋察冀的山岗上，保卫着边区，保卫着家乡，赶走鬼子，求得民族的解放，自己的解放！

　　此致
敬礼！

军区青年支队第三连

张武香　写

（《晋察冀日报》1941年5月16日，《子弟兵》副刊第5期）

谈谈"课外活动"

朱牧

军队而有课外活动，这是八路军不同于一般军队的一个鲜明特点。现在每天除了操课以外，部队也还有中午和晚饭后的富余时间。在这富余时间里，指战员们不去把它空空过去，而是兴高采烈地去做课外活动，或者叫作俱乐部的活动。

课外活动是做些什么呢？

首先，是做有兴趣的军事、政治、时事问题的谈话和研究。有些问题是教材以外的。例如，怎能证明没有鬼神，这样的问题在战士中讨论起来，是会越争论越有趣味的。

其次，是文艺活动。连队俱乐部每月要出一两次墙报，战士干部一齐写，有论文、新闻、故事、歌谣、漫画……许多的东西。能写好文字的固然要写，许多战士不能写的也高兴投稿，不管半天才写出一个字来，不管写许多白字，不管写不出字来的地方就画一种东西，大家都不放弃这件事。连队里有通讯小组，现在他们投到分区和军区报纸来的稿子平均每月有三四千份，以团为单位，现在又在建立文艺小组了。连队里也有了戏剧小组、歌咏队甚至美术小组的组织，每到课外活动时间，大家就排剧、背台词、练舞蹈、学谱子……忙个不休。到开晚会和军民大会时，他们就来上演，有的还是蛮不错。

再次，是体育游戏。这种活动最多，谁都知道。不过部队的体育游戏有它的特点，就是着重在军事和教育意义。这从跳障碍、登高、劈刺和各种游戏、棋类可以看出来，这种体育游戏是会养成大家的尚武精神的。

另外，我想再谈谈关于部队的经济卫生。部队的经济，有革命的组织管理和科学的经济制度，一直到连队，经济都是公开的。管这件事的不仅有专人，而且有各级经济审查委员会和经济协助委员会。连队的各种课外活动都是民主的生活，连队经济协助委员会也是民主选举产生，大家看谁能经常严格地督促检查，能把伙食等项管得最好，便选谁来当经济委员。经济委员负起责任来，不仅可以监督消灭贪污舞弊的现象，而且因为他们是代表大家办事的，所以他们真能想一切办法把大家的食用问题尽力改善。他们不但要使大家在每人每天斤半小米、一毛二菜金的原则下吃得尽量好，而且配合卫生委员从积极方面来注意饮食卫生的事情。

军队里的课外活动还有很多。总起来说，这种生活就使得人们完全不感到旧社会那些精神苦闷和受限制的现象。这种生活是民主的、自愿的，不管是战士干部都在一起兴高采烈地参加，不受拘束的。这种生活也就表示着八路军这个军队的特点。

八路军日常生活，没有旧军队无聊的晒太阳，打骂斗殴和嫖赌的那套作风，有的只是快乐的团结紧张活泼严肃的生活作风。

(《晋察冀日报》1941 年 5 月 21 日，《子弟兵》副刊第 6 期)

行军中的流动俱乐部

石健常

这次部队出发,俱乐部也跟着来了。这是我们空前的一件新鲜事。

大家都很怕它经不住这样的行军,有了战斗就更怕它不成了。同时,大家也因为它跟着来而感到兴奋,谁也想抱着它一路走,生怕它掉队。

且说我们怎样带着它行军的吧。

指导员和俱乐部主任为了它行军的方便,给它实行了轻装化,墙报改变成行军小报样的"广播台","点将台"变成了一个小册子,"军政问答栏"和"文化娱乐栏"却做成了布折式的,军棋、跳棋、识字骨牌都用棋盘布包起来了。行军前,大家又写了许多新的稿子,抄出各班排的挑战书,找了一些生字和谜语、组字画、故事、问答难题之类的材料,增加到各栏里面去。在"广播台"上,登出了支部书记《保证在行军作战中巩固提高模范支部》的号召文章。

在行军中,大家像替换着抱小孩子一样来轮流拿着这些东西,放在脸前看,坐在石头上休息时看。翻来覆去地看个不完,因为上边的材料不但有兴趣,而且被装饰上图画了。

"指导员,我猜到了,'和尚庙里找大夫'是不是寺内收医(寺内寿一)?"

"文书,你的这幅组字画好难认,我看像'保证模范行军纪律'吧?"

大休息了,部队坐在一个村边,有的下棋,有的在识字笔记上写生字,有的作稿子……多数的人在那里学唱歌。谁也不感觉闷得没事干。

"李士明!'点将台'上问你的问题为什么不答呀?时间限你在大休息以前呢。"

李士明翻了翻眼睛,问:

"我没看见,什么问题你说吧。"

"说汪精卫是亲日派对不对?你讲讲吧。"

"这好答。依我说,汪精卫在抗日阵营里的时候叫亲日派,现在是地道的汉奸,再说亲日派就轻了。像何应钦,现在就叫他亲日派,因为他还在抗日阵营里。"

又吹起前进号。大家把各种册子、布折子、棋子等都带好。"广播台"上增加了几篇新的稿子,一篇是歌谣,题目叫《注意行军卫生》;一张是模范例子,表扬三排长帮助伙伕班挑担子;一张也是模范例子,表扬袁英太在上午行军中已经认识了六个字。"点将台"上,李士明也把自己的答案写上去了,并且在后面加上一句声明:"希望大家批评对不对。"

走了一天,大家因为有俱乐部做伴行动,所以也没感觉疲劳。

(《晋察冀日报》1941 年 5 月 21 日,《子弟兵》副刊第 6 期)

打　靶

飞起

我们青年支队，这次开"五四"大会时演习打靶，枪声响处，大家都打在七八环上下。当时全体欢呼，情绪高涨已极。于是我不禁回想到去年十月初青年支队的一次靶场射击，与今年比较起来，真有天壤之别。去年靶场射击可以说是枪弹落空，中环者简直稀奇。而今年仅就二连来说，他们都是年岁幼小的青年，却能每人三枪，平均在二十环，超过二十六环得□的有三名，出现了特等射手五名。这种进步该是多么快呵！

(《晋察冀日报》1941 年 5 月 21 日，《子弟兵》副刊第 6 期)

保卫麦收的时候到了

长工

地里的麦子快熟了,保卫麦收的时候到来了!

靠着共产党的领导,靠着聂司令员带着边区子弟兵在四面八方挡住敌人,靠着全边区军队、政府、老百姓齐心合力,咱们老百姓才得亲手在自己的土地上种下粮食,花去了大半年的辛苦血汗,到这五月里来,眼看着今年满地的麦子,□□的那么□□□□□□,□人真是心里痛快,今年的麦子准是很好的收成!

可是咱们别忘记了敌人,日本帝国主义每年在破坏咱们的麦收,抢咱们的麦子,像今年麦收有这样好的收成,他自然更不会放松破坏咱们麦收、抢夺咱们麦子的一切阴谋诡计。

可是不管敌人的手段有多么恶毒,他吓不倒咱们边区的老百姓,咱们有力量打退敌人的一切进攻,有办法不给敌人抢到咱们的一粒麦子。只要咱们加紧武装动员起来,努力配合军队作战,努力参加一切破坏敌人的工作,组织突击队,组织收麦队;一面打得敌人头昏眼花,躲到龟窝里不敢出来抢麦子;一面在游击区里的老百姓,要用咱们这几年来对付敌人抢收麦子的经验,实行一边收、一边打、一边藏。另外,在安定一点地方上的老百姓也要加紧站岗放哨,用心看护麦子,组织短工队、互助队,实行快收、快打、快藏。眼下就要把镰刀、扁担、绳子、大车、牲口……一切收割麦子的家伙,立刻准备停妥,把男女老少一齐动员到收割麦子的火线上去!

麦子是咱们边区抗战的粮食,一定不让有一粒咱们的麦子落到敌人手里,咱们一定要努力争到今年麦收的大胜利!

(《晋察冀日报》1941年5月24日,《老百姓》副刊第62期)

人和社会的关系

□知新

什么是社会？人和社会有什么关系？这是今天我要讲的问题。

大家都知道人活着一定要吃饭、穿衣、住房子，可是要得到这些东西，人们就得去干活儿（生产），要是大家不干活儿、不生产、不劳动，大家就吃不上、穿不上、用不上，这样也就活不成。

干活儿光是一个人也不行，要生产吃的、穿的、用的一切东西，就要干很多的活儿，这么多的活儿都让一个人干，是忙不过来的，这要靠大家伙儿分头去干。比如种地的种地、放羊的放羊、织布的织布、挖煤的挖煤、打铁的打铁……这样大家分头去干，才能保大家有吃的、有穿的、有用的东西。一个人，不管他有多么能干，他总不能又打铁、又挖煤、又织布、又放羊、又种地……这样，一个人就有三头六臂也办不到。

既是人民的吃、穿、用具，都要大伙儿分头去干才能得到，人们就一定免不了要有来往，一定免不了要交结关系，比方织布的，就要靠种地的种粮食和种棉花；种地的又要靠铁匠打犁耙、锄头；铁匠又要靠木匠、泥水匠盖房子、造风箱；木匠、泥水匠又要靠织成的布和粮食来穿来吃；缝衣裳的裁缝也要穿要吃，还要靠人们给他打剪刀、造尺子……这样，就把工、农、商、学各行各界，把干各样活儿的人们都牵扯到一起，让大伙儿彼此都有了关系，谁也不能单个儿各管各地活着。

像上面说的，人们为了生产吃、穿、用具这些东西，才引起来的关系，因此人们当中的这种来往关系就叫"生产关系"。

生产关系正像一张大网，把干各样活儿的各式各样的人们，都牵连到起来，会合到一起，这样人们因为生产吃用的东西，彼此牵连起来，会合起来的大人群就叫社会。

社会既然是像上面说的那样一个东西，可是人离了社会是不能活的，因为上面说过，不管怎么能干的人，离开了大伙儿一天也活不成。不管是谁，他一生下来就跟大伙儿一起过活，他的一切□用是大伙儿生产出来的，他自己干活儿，不光是为养活他自己，也是为着养活大家。总归一句话，不管什么□□离不开大伙儿，也就是说，□□□离不开这个社会。因此有人说，咱们人和别的动物：飞禽、走兽、爬虫……这些畜类不同的地方，就是因为"人是社会的动物"，这是很有道理的。

社会和人们的关系有这样的重要，所以努力给社会做事，努力把社会改好，正是大伙儿的责任。咱们中国□□抗战建国，也正是为的这件事。

（《晋察冀日报》1941年5月24日，《老百姓》副刊第62期）

尊重民族气节

抗战以来,单是八路军将士死亡就在十万人以上,正在肉搏苦战中的将士们,明知随时随地可以死伤,但仍赴汤蹈火,前仆后继,丝毫不畏惧,尺寸不退让,说起来很简单,就是甘愿拼出血肉生命,阻止顽敌长驱直入,与国民党抗日同志共同挽救民族危亡。可是我们抗战友党国民党内某些不明大义的分子,直到今天,还没有真正实行"民族至上、国家至上"的训条,浪费大量国币,组织反共特务机关,聚精会神,日夜进行反共工作。姑无论当此抗战紧张,人民穷困的时候,虚掷人民脂膏血汗化成的金钱,用在反共特务上,太不应该,即以特务工作本身的效果而言,究给国民党何种利益,究给共产党何种损害,也值得平心静气来考量一番。试看特务机关的工作是什么?

一、收买腐劣分子——既生而为人,而其人可以用臭铜贱娼收买,其为人也一定是腐臭卑贱无疑。这种人应该是到处无用,而特务机关反认大大有用。可想而知,这种人除了挑拨是非、玩弄阴谋、制造谣言、疑神疑鬼、捕风捉影一类本领,还有什么用途?尤其危险的是日寇特务机关如果用更臭的铜、更贱的娼,一样容易收买这些人做鹰犬,来反对第一次收买者。"以其人之道,还治其人",多么可怕的报应。

二、驱使变节分子——少数曾经混进共产党内的动摇分子、投机分子,禁不住特务机关威胁和利诱,自杀政治生命,幡然变节屈膝。这种人既没有浩然之气,又没有不折之节,当其未曾暴露真面目以前,虽然一时混进共产党里面,经过严密考察,迟早要驱逐出去。所以共产党失去了这种人,实在无足轻重,特务机关却当作奇珍异宝,或唆使做内奸，刺探消息，或使造恶谣惑乱听闻，或唆使卖朋友，反面无情，或唆使跑马路，发狂捉人。种种丑恶，假手变节分子来扮演，要知道，不能守节的人，何事不能为，也何事能为。古人说："善游者溺，善骑者跌。"善于教人变节的，小心自己的后果吧。

三、摧残有气节的人——孟子给大丈夫下定义道："富贵不能淫，威武不能屈，贫贱不能移，此之谓大丈夫。"凡是好的共产党人，他一定具备了大丈夫的品质。这在其慷慨就义、杀身成仁的无数事迹里，早经切实证明了这一点。他们是中华民族最优秀的子女，也是中华民族元气的保存者。但凡有些同情心，还没极僵冷的人，都应对他们表示敬意，不忍残害他们的生命。可是反共特务机关却专门干这些伤天害理的勾当，严刑拷打，禁闭集中营之不足，再演一套暗杀活埋等惨剧，地黑天昏，人间何世，口称"忠于国家，孝于民族"者，果应该这样做的吗？

上述反共特务机关三大工作，第一种是信任没气节的人，第二种是提倡丧失气节，第三种是摧残有气节的人。气节何仇于国家民族，而一定要消灭它！

真正抗日的人士是应该有抗日的民族的气节。总不应该在日寇猛攻民族万分危急的时候，做破坏团结、杀害救亡志士的暴行，也就是说，总不应该以横行霸道、民怨沸腾的反共特务工作，来客观上帮助敌人反共灭亡中国。但是某些不明大义的分子，居然一意孤行，唯恐特务工作还不够坚强，搜罗大批孟子所谓"无恻隐之心（虐杀），非人也；无羞恶之心（□节），非人也；无辞让之心（争权利），非人也；无是非之心（敌友不分），非人也"的那些非人之人，来大张□□，来加强反共工作。那些非人之人有了无用之用，欣欣然自鸣得意，影响所及，庸愚无识，见利忘义者流，以为投身反共特务，盲目反共，眼前就有官可做，有饭可吃，人生意义，如此而已，□还想到国家的存亡，民族的生灭。如果这类人如蚁附膻、□□□□涌进反共特务机关里面去，一定要腐蚀国民党的纯洁部分，使它无法遂行民族战争的神圣事业。

当汪精卫、缪斌过去高唱反共,结果叛党叛国觍颜投敌后,国人方期国民党内部从此洗□败类,严整党纪,力求进步,然而,反共特务机关的政策却背道而驰,倡导"反共第一",□□"变节风气",于是某些党部人员,在私利第一、国家第二的基调上,外受汪逆狐媚之诱惑,内受特务淫风之熏陶,有的公开变节,有的暗中变节,有的快要变节,有的可能变节。上海市国民党及三民主义青年团团部全体反叛投敌,岂徒然哉,如果当局再让这种提倡反共变节的特务继续下因,谁能又保证将来国民党内的某些分子不再发生同样叛变呢!

也有人替自己这样辩护道:汪精卫丧心病狂,不齿人类,岂可与其他主持反共特务政策、忠心"党国"的名公伟人,同日而语。是的,汪精卫未曾公开投敌以前何尝不借"党国"做口实,然而不能隐蔽他的本质,就是第一,毫无气节;第二,专心反共。试问现在的特务政策,是不是还能保存丝毫气节呢?不能。是不是主要做反共以外的其他工作呢?不是。那么,本质即是大同,即是现象小异,有识之士,不能不替他们前途抱疑虑了。难道上海、北平、天津等地的国民党特务人员,相继投敌叛国,还不值得当局深加警惕吗?

中国共产党及其领导的八路军、新四军始终忠于主义、忠于民族,禀"小不忍则乱大谋"的教训,虽然遭遇了无数横逆挑衅,一贯采取严正的善意的对策,力求国内团结,争取抗战胜利。过去事实,足资证明,未来行动,绝不改变。希望国民党贤明的当局及广大国民党员,完全站在国家利益民族生存的立场上,欣然接受我们的下列一个提议:就是从此尊重民族气节,不□任反共特务横行于道,以祸害国家民族,并祸害国民党自己。

(注:本文系采辑范文澜《提倡民族气节的必要》一文的主要部分而成)

(《晋察冀日报》1941年5月27日,《文化思想》副刊第8期)

战 场 纪 律

杨文献

在五□战斗的时候,我们九连冒着猛烈的炮火,将敌人完全击溃,并给以大量的杀伤,而且捉到一个穿敌军衣服的中国兵。

这个同胞是饱受了敌人的压迫和欺骗的。他一被俘虏,心里非常害怕,所以便把他自己身上的钞票、钢笔、纸烟和其他东西都掏了出来,送给九连的战士。可是我们忠勇的战士们,不但不拿他的东西,而且劝他好好收起来,并给他许多安慰和解释,告诉他不要害怕。这种亲热伟大的民族爱情,使那个人深深地受了感动,在我们欢迎之下,他放心地跟我们过来了。

(《晋察冀日报》1941年5月28日,《子弟兵》副刊第7期)

纪念五卅革命运动

李长工

　　五卅运动,是全中国老百姓反对日本、英国这一伙帝国主义强盗屠杀中国人民,为中华民族争自由解放的革命运动。事情就发生在十六年前的五月三十日。

　　那时候,共产党已经建立好第一次的统一战线,第一次的国共合作已经成功,中国有了很大的革命力量。所以当时在上海发生的反对帝国主义运动,正像缺了口的大河一样没法阻挡。

　　这就吓得帝国主义魂飞天外,他们知道,要不快下毒手,中国老百姓会立刻起来把他的压迫统治一脚踢翻的。所以狡猾的美国帝国主义在福州就暗地指使中国军阀替他杀人,到了五月十五日,日本帝国主义在上海更亲自下手,杀死工人领袖顾正红(共产党员),并杀伤了很多的工友。中国人民的痛心和气愤更是火上加油了。到了五月三十,上海千千万万的工人学生商人联合在一起举行示威游行,要杀人的凶手偿命。日本就在这个时候勾结起英帝国主义,在上海南京路架起机关枪,对着赤手空拳的中国老百姓就大打大杀起来了。

　　中国人民为了反抗帝国主义这种凶恶的屠杀,这时候上海人民就罢了工、罢了课、罢了市、放倒一切事情,专来和帝国主义斗争,全国老百姓也一齐起来,四面响应。因此反对帝国主义的运动,更发展得厉害起来了,这以后就引起了第一次大革命的爆发。五卅运动就放出大革命前惊天动地的第一炮。

　　今天咱们应该怎样纪念五卅革命运动呢?

　　第一,大家就该认清,日本帝国主义自来就是咱们的生死敌人,中国人民只有坚决反对妥协投降,坚持抗战抗到底。首先打倒日本帝国主义，才能得到翻身的日子，得到解放自由。

第二，大家应该认清"天下老鸦一般黑"，英国美国这一帮帝国主义对中国一样是不存好心眼儿的。他们为了眼下要在西方和德国打仗，害怕日本趁机会在东方去抢他们的强盗地盘，所以就假情假意来装作帮助咱们抗战，实在是想利用中国抗战拖住日本。这其实只要与他们有利他们什么时候都可以出卖中国的。这些天，日本就在拉美国出面来劝中国投降，准备去开出卖中国什么的"东方慕尼黑会议"。咱们纪念五卅，就该坚决去反对帝国主义这些出卖中国的阴谋，坚持独立自主的外交政策，认定今天世界上，只有苏联才是真心帮助咱们的好朋友。

第三，大家应该认清抗战□是第一是要靠自己。只有靠中国人民大家一条心的革命团结力量，才能打退敌人，因此咱们就要坚决反对分裂，反对反共内战，反对国民党当局三心二意。要抗战又要反共的两面政策，这正是破坏抗战的力量，等于双手捧着中国去送给敌人。

第四，大家更应该认清中国共产党和中国工人阶级，正是对革命最忠诚的阶级和政党，正是抗战中伟大的彻底可靠的革命力量。中国要想抗战胜利，只有依靠这个力量，拥护这个力量，勇敢地跟着它的领导前进。

（《晋察冀日报》1941年5月30日，《老百姓》副刊第63期）

学习的模范

路远

李书田是个十八岁的青年,这次民学测验他被选为模范学员。

他平日里学习特别积极,对抗战大事、国际大事也非常关心,《晋察冀日报》是他每天都要读的。自从文救会发起五月民学测验的号召,他更加油准备。当学员们集合到测验场的时候,他还在和别人讨论着。抗先队长见了他说:"李书田!你还没准备好吗?临阵磨枪有什么用!""哼!临阵磨枪,不快也光。"他笑着说。

测验员向他问题时,他都能很快地回答。统一累进税、敌人"治安强化运动",他都很清楚,目前时局的危机也明了,《中共中央十二项主张》全都记得,还能照原文背上六条。

平常他还能推动别人学习,这次抗先队测验成绩平均八八点四分,不能不说是由于他的模范作用。

吴国勋是县学联的主任,他为人非常坦白真诚,对人很和蔼,并且能够勇敢地承认自己的错误,帮助同学解决困难。他平时工作积极负责,不论春耕、募捐、宣传,他都干在前头。

他对大小问题都了解得很正确,有一次学救会扒杨叶优抗。同学们都说:"这么点儿杨叶还值得给人送吗?"他说:"礼轻人意重,东西虽然不多,意义都是非常大的。"

他家境很困难,只有一个五十多的母亲料理家务,还有一个老奶奶,父亲在外边做买卖,一个钱都不往家里捎,半垄地都没种。他每日一面要帮助母亲做活,一面还要坚持自己的学习。他顶喜好写文章,经常写东西叫老师改正。学救会的墙报上每期都有他的稿子,经常给边学联写通讯。

(《晋察冀日报》1941年5月30日,《老百姓》副刊第63期)

保护孩子和母亲

育英

咱们庄户人差不多都有这么个脾气,那就是不大留心去保护自己孩子和女人,当然,这是需要快快改过来的。

比方说,过去有一些人在孩子一生下来时,就把他放在尿盆里溺死。男孩子还好些,女孩子溺死的更多了。因为一些做爹娘的总是不喜欢女孩子,说女孩子是赔钱货"讨债鬼"。所以好多女孩子一生下来□□这种□□的溺死。这并不像有些人说的"养活不起",说起来好像有钱人家也是这样做的,这是多么不□理的狠毒的心眼啊,它不只是完全违犯了政府的法律,也违犯了自己的良心。同时,《双十纲领》里面更是明白地规定了反对溺死小孩子的这一条的。

还有一种人,生了私生子,怕见人,就把孩子偷偷地杀害了,这也是咱们反对的事情。自然年轻人万万不应该胡来乱搞,可是,既然生下来了孩子,那我们也不应该害死他们,因为他们并没有犯罪呀!咱们主张已经生下私生子的寡妇,可以改嫁,生下私生子的姑娘可以结婚,私生子应当男女两方来抚养,不能随便杀害。可是话又说回来,今天咱们边区男女婚姻已经可以自主的时候,也就可免再闹私生子了。

说到爱护自己的女人这一点,咱们庄户人过去做得更不够。有很多人家娶了媳妇,是为了让她来干活,所以也不管她有病没病,成天把她当牛马似的一天忙到黑地推碾子、下地、做饭,对于她的身体的好坏就从来不留心,特别是对那快要生孩子的女人,不知道去照顾她、爱护她,往往差两三天就要生孩子了还让她做重活,有些是生了孩子一两天就又叫她出来做饭洗衣裳，这都是不人道的，这会使自己女人的身体以后吃大亏。咱们主张在自己女人生孩子的前一个月和后一个月都不能让她做活计，应该歇着。同时，月子里应该给生孩子的女人吃些养身体的东西，家里旁的人都可以节省一点，这样才对自己的女人和孩子的身体有好处。

爱护自己孩子和女人是要从好多的地方来留心的。比方，吃、穿、冷热□清洁卫生都要常常去照顾，不过对于爱护孩子和奶妇的生命是更要紧的事。

（《晋察冀日报》1941 年 5 月 30 日，《老百姓》副刊第 63 期）

纪念抗大五周年
进一步建设二分校巩固晋察冀边区

孙毅

今年的"六一"是抗大五周年之日，正当着资本主义制度临到穷途末日各个帝国主义集团正在拼个你死我活时候，正当着苏联外□上又获得伟大胜利，世界革命运动□日益蓬勃高涨；日本帝国主义，为了南进急于解决中国事件，而在各战场忙于调动、准备对我大后方做正面进攻的时候，而我党提出了进一步建设抗大的任务来。这对于巩固敌后根据地，建设党军的事业上是具有何等重大的历史意义！

二分校与边区的血肉相连

在广州武汉相继失守，抗战进入新阶段的时期中，二分校肩负着党所赋予□的光荣任务，于一九三八年十二月的寒冬率领着三千优秀健儿，勇敢坚毅地从延安出发，挺进到敌人后方——晋察冀边区。从此抗大的旗帜便飘扬在太行山岭和广大的冀中原野上。

二分校在坚持华北敌后的国防教育事业上将近两年有半，在边区的党政军民一致的抚育和爱护下，在我们主观上不断努力中获得不少的成绩，使得二分校由小至大、由发展而巩固、由巩固到扩大，成为今天晋察冀边区八路军创造军政干部养成所，加强和提高了边区八路军的战斗力，保证建设铁的党军初步胜利地完成，可见分校的成长壮大和边区的巩固与发展是血肉相关的。

进一步建设二分校与巩固边区

我党领袖毛泽东同志曾英明地告诉我们："在中国离开了武装斗

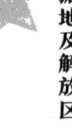

争,就没有无产阶级的地位,就没有人民的地位,就没有共产党的地位,就没有革命的胜利。"这说明了中国革命的特点是"武装斗争"。但武装斗争不但要依靠广大的游击部队,而且要有正规化的主力兵团。只有二者相互配合才能组织千百万群众到斗争中去,以武装的人民反对武装的反革命,把革命进行到彻底胜利。

抗日战争亟待要求我党军队的发展和加强,因为我党军队——八路军、新四军在抗日的过程中日益形成决定的因素。这个因素是关系着整个抗战的命运,它是取得最后胜利的主要保证。所以目前我党的一个严重任务是建设党军,把正规军提高到党军的地位,把新起的军队和广大的游击队提高到正规军的地位。

要建设党军就必须有党军干部,没有干部,建设党军就成为不可能,斯大林同志所指示"干部决定一切"的真实意义,就在于此。而作为我党军队干部之主要源泉的抗大必须供给建设党军的干部,所以罗主任说:"抗大今后努力的方向应在建军任务之实现上尽着决定意义的作用。"这就是抗大所要立即担负起的艰巨伟大而光荣的任务。

根据建设党军干部的标准,较之抗大现在所具有的条件还有相当的距离,所以今天要提出进一步建设抗大的问题来。罗主任说:"要有军队就必然要有学校,要有军队的发展就必然要有学校的发展,没有好的干部绝没有好的军队。没有广大的干部,要建设广大的军队是不可能的。"就是说明这个道理。

抗大二分校是晋察冀军区党军干部养成所,最近一年打下了较深厚的基础,培养了××千比较坚强的干部输送到边区子弟兵团,活跃在斗争的最前线。然而由于边区八路军飞跃地壮大,已经培养和正在培养的干部不管在质和量上,还远赶不上客观需要。所以在五一劳动节,我们确定了今后努力方向,在一切为了教育,提高教学质量,使学校具有更高级的能力的口号下,整齐步伐跑步前进。我们也深切地认识到，只有进一步建设二分校的胜利，才有边区建军的胜利，也只有边区建军的胜利，才能求得巩固和发展边区。

进一步建设分校对边区军政民的要求

当然，进一步建设二分校的事业是伟大而艰巨的，然而不是不可能的，是具有充分的条件和胜利的信心的。我们除了在校的教职学员集中所有力量向着既定方针迈进外，同时还恳切地希望和要求我们边区的军政民尤其是边区的八路军，应本着罗主任所说的"抗大是党的学校，是八路军新四军的学校，全党全军都有责任关心它□□它督促它，使它办得更好而满足党□□军的要求"的基本宗旨，来向学校建设事业上□必要的帮助。这里我向边区八路军提出两项要求来：

一、关于选送学员来学校受训，罗主任曾在高干会议上这样说："抗大要办好，还要求军队各部选送好的学生，要反对选送学生上的本位主义，这种本位主义，已做了不少害自己的事。"这是值得我们的警惕的。抗大是八路军培养干部的学校，而不是说所有的八路军，现在都具有入学的资格，学校不是疗养所，更不是感化院。过去个别部队将久病不愈、屡犯错误、教育不转的人，送到学校里来学习，这是很不应该的。因为这些人□花费同一精力和时间进行教育时，是不能得到预期的效果。这在党培养干部的事业上是不可弥补的损失，也就是做了害自己的事，这种现象是不能再继续下去的。

二、关于部队与学校的联系上，一年来虽较前有了进步，但还不够密切。罗主任说："抗大的教育应与前方整个部队取得密切联系，这联系应当表现在学校与部队的双方。学校有帮助前方整理部队经验之责，而部队则有供学校以材料之责，如此于部队学校的发展，均有好处。"今后希望前方多多搜集一些实战经验、战斗详报以及其他的军事的和军事政治材料源源不绝地送给我们，我们学校的编审委员会将以最大的努力，经常地及时予以整理，以供给前方的需要。这是互相负责、共同负责，互相帮助、共同帮助，互相进步、共同进步的有力武器。

讲到边区的抗日政权和广大的抗日民众，两年来他们曾给予我们服了不少的劳役，解决了不少的困难，同时还让出宿舍，建筑了操场，修理了课堂，物质上给予了不少的援助，精神上也给予了不少的鼓励，我们应当感谢他们，假使没有他们，二分校不会有今天，更不会有将来。这里我们也恳切地希望和要求着今后边区抗日政权与广大的抗日民众应秉承着过去爱护与帮助学校的热忱，在进一步建设分校的事业上，不断给予指示，给予批评。

我们坚决地相信二分校在共产党的正确领导下，在全边区的军政民一致的爱护下，必能组织广大的力量共同努力，使分校在现在基础上求得进一步的进步、发展中的发展、胜利中的胜利，以完成进一步建设分校的光荣任务。

（《晋察冀日报》1941年6月1日，《抗日军政大学五周年纪念》特刊）

抗大五年来对国家民族的贡献

——为抗大五周年纪念而作

李志民

抗大是伟大时代的历史产物

抗大在五年来的艰苦奋斗中,以它自己对中华民族中国人民解放事业的无限忠诚,获得了全国广大人民的爱戴与赞扬,获得了世界进步人士的同情与关怀,这绝不是偶然的事。因为,抗大是伟大时代的历史产物。

抗大诞生的时候,正是日本帝国主义疯狂侵略华北,民族危机达于极点,而当时南京政府却积极镇压遍全国的反日运动,进行"剿共"的时候;正是中共所提出的抗日民族统一战线的号召在西北获得成绩的时候。当时客观形势发展的要求是:培养大批的军政干部作为准备与推动抗战的宝贵资本。

因此,抗大成立以后,不仅八路军、新四军的前身——红军(一、二、四三个方面军)部队中的干部,为了迎接新的民族革命高潮的到来,需要整理自己十多年斗争的经验教训与提高自己各方面的知识;并且全国优秀青年从敌人铁蹄下的东北、华北,从大后方,甚至偏僻的西康青海,历尽千难万险,像潮水似的涌向抗大,要求锻炼自己;同时,广大华侨青年也同样像巨浪般地从国外奔向抗大。由于学校猛烈的空前发展,以至窑洞(校舍)大感缺乏,不得已而停止招生。但学员还是源源不绝地大量涌来,他们坚决要求学习,甚至以自己的劳动先挖窑洞然后再入校学习。我们有什么理由拒绝他们这种真挚的热情呢?在国际上,全世界学生领袖、世界学联代表柯乐满先生、雅□女士等，他们跋涉千里，远渡重洋，而来抗大参观，在兴奋感佩之下，要求作为抗大的学生。

抗大在不断猛烈的发展中前进着

近年来抗大伴随着党的事业的发展而发展着，伴随着八路军新四军的巩固扩大而巩固扩大着。

一、学员数量期期激增。由第一期的千余学员（附设步兵学校在内）发展到□期的二万余学员以至今日（七期）的×万多学员。

二、由于学员数量的期期激增，因此学校的规模，也就日益宏大。由总校发展出两个分校，以至今日已有七个分校□个独立大队，学校的组织机构也走向更科学更健全。

三、成为科学知识、文化知识的集中场所。我们的学校已由人们常引为美谈的"三个教员起家"而发展为今天具有好几千个忠实于教育事业，并有相当熟练教育能力的干部，并且还吸收了许多为全国闻名的学术家艾思奇、□思□、□日戈等等教授，□含了各种专家，从科学家、教育家、□文学家、歌唱家、戏剧家、美术家，以及新闻记者、歌舞明星，而使得抗大成为全国文化科学知识最丰富的一所大学。

四、成为全国国防教育事业的模范。我们的学校冲破重重困难，在斗争最激烈最残酷的敌后开办，把国防教育的大旗插在敌人的心腹中，使敌人心惊胆寒，这不是简单的事。这说明无产阶级政党具有高度的顽强性与斗争性。这与许多大学之迁向云贵是大有分别的，我们不仅能在斗争最激烈最残酷的敌后山地与平原进行教育，收到最高度的教育效果，并且执行了"一面学习、一面战斗、一面工作、一面生产"的口号，克服天然的人为的困难，这于一般大学理论与实际分离的教育是大有分别的。

这是因为抗大是中共领导下的学校，它有着正确的教育方针，科学的教育制度，与灵活的生动的教育方式方法，因此能在任何情况下，保障教育的顺利进行。

正由于抗大是在中国共产党领导之下，适应着时代的要求，才能不断地猛烈地前进着、发展着，面对中华民族有着伟大的贡献。

抗大五年来对国家民族的贡献

一、培养与训练了×万个铁的干部，在建设党的铁军的事业上起着骨干的作用。罗主任说："要有军队就必然要有学校，要有军队的发展，就必然要有学校的发展，没有好的干部绝不能有好的军队，没有广大的干部，要建设广大的军队是不可能的。"这最确切不过地指出了培养干部事业的重要。五年来，我们首先团结与教育了一、二、四三个方面军的干部，重新训练了经过长期斗争的八路军、新四军的老干部，培养了在民族革命潮流中涌现出来的大批知识青年干部与工农干部。当他们回到自己的战斗岗位以后，在建设党的铁军的斗争中，起着骨干的作用。

不难明白："抗大和八路军、新四军是在中共旗帜之下休戚相关、血肉不可分离的整体。没有八路军、新四军就没有抗大的□□，没有抗大也就没有八路军、新四军今天壮大发展的雄姿。"

二、扩大了党和党军的影响，在建设全国性的共产党的事业上起着伟大的作用。正因为我们培养了数万个铁的干部，他们具有高度的政治觉悟与无限忠诚于党和革命事业，所以他们能□自己成为党的主张的宣传者，党的口号的鼓动家，并以自己的模范行动来教育群众，扩大了党的影响。使千百万群众，认识了共产党、八路军、新四军主张的正确，并愿为其实现而奋斗。

这些干部经过在学校的锻炼，提高了对党的问题的认识与党的工作的能力，并能灵活地将自己丰富的党的工作经验运用到工作中去，在建设全国性的党的事业上能起到伟大的作用。

三、在巩固与扩大民族统一战线的斗争中起着推进的作用。正由于抗大□□□□皆有，所以他们□□□□□群众结成血□不可分离的联系，□□□广大群众□利益，领导着广大群众进行斗争，在斗争中团结了各个阶层，朝着一个目的——驱逐日寇出中国建立新民主主义的新中国而奋斗。

抗大的民主精神，教育了广大知识青年，即使是其他党派人士，也认识了中国无产阶级

政党——中国共产党的大公无私、至仁至义的伟大精神与崇高道德。因此，除了少数心怀恶意想挖抗大八路军的"墙角"的坏蛋以外，绝大多数都认识了中共提出并坚持的统一战线是争取抗战胜利的唯一法宝，认识了一切限共、反共、溶共对抗战都是有百害而无一利的，而努力于抗战团结进步。

四、在创立与建设抗日根据地的任务下起着重大的作用。根据地的建设和军队的建设，是绝对不能分离的。没有军队，就不能建设与巩固开展根据地，没有根据地也就难以壮大与发展军队。要军队的壮大与发展，就必须有大批的具有领导战争的艺术的干部。

五年来我们不仅输送了×万个干部到各个不同地区的敌后抗日根据地去，坚持与领导残酷的战争，而且为了各个敌后抗日根据地的迫切需要，我们粉碎了千难万险，在广大敌后建立了七个分校，以便迅速地更好地培养军队干部。

此外，我们还直接地参加与帮助了根据地的建设工作。我们训练了大批的地方武装干部，广泛地开展了各个地区的游击战争，我们派出了干部与各种工作团，帮助□□进行工作，我们经常对地方群众进行宣传教育。这一切，都说明抗大与各个敌后抗日根据地密切地联系着，是创立与巩固发展根据地的肩负者之一，在创立与建设根据地的□□下起着重大的作用。

这就是五年来抗大对国家民族的贡献，这些成绩的获得，首先是由于中共中央北方局与党的领袖抗大的创造者毛泽东同志的正确领导、八路军、新四军的爱护和指导，国内外广大人民进步人士的爱戴和关怀，以及总校首长的英明领导、全教职学员的努力得来的。

为进一步建设抗大而斗争

抗大虽有这些成绩，但并不是说它已经没有缺点或弱点了，它可以不再前进了，不是的，绝不是的！恰恰相反，由于目前国内外形势的发展，由于敌后抗战的日益残酷、频繁，由于八路军、新四军需要进一步地巩固与发展，也就确定了抗大的任务更加艰巨更加伟大，只能发展地不能缩小，只能加强不能削弱，因此也就更加需要百倍努力，进一步地建设！二分校在总的意志下，也同样必须在现有的基础上，进一步继续前进！我们全校人员必须以最大的努力，坚决地为完成党所给予的任务而斗争！同时，我们坚决相信，在北方分局与军区首长正确直接地领导下，在军区八路军与边区政民的帮助与爱护下，二分校一定能完成党所给予自己的光荣任务，把国防教育的大旗高高地插在太行山上！

（《晋察冀日报》1941年6月1日，《抗日军政大学五周年纪念》特刊）

争取麦收的全部胜利

杨拴

很快就到麦收的时候,麦子眼看吃到嘴里了,但是如果让鬼子抢走或破坏了,什么都完了,白受了辛苦还要饿肚皮。另外,鬼子吃饱饭,却更有劲杀害我们。所以我们要大家注意,大家努力,争取麦收的全部胜利!

已经三年了,每年麦收里日本鬼子都来抢夺我们的麦子,抢不走的就是野蛮地破坏。过去我们吃过不少亏,今年我们要早些提防、早些想办法,不叫鬼子抢走一粒麦,不叫鬼子破坏一粒麦!

那么我们怎么办呢?

首先,是武装起来,保卫麦收。青抗先、模范队、游击小组,都要加紧活动,更广泛地开展群众游击战争,配合部队,大量破坏交通,并随时打击扰乱敌人,使鬼子躲在王八窝里不敢出来。同时,儿童、妇女、老头队也应动员起来,加紧站岗放哨,不放进一个暗探汉奸,混到边区来活动。这样,就断了敌人耳目,就可以减少敌人活动。特别是收割的时候,更要配备武装更加展开游击战,保护麦收。

其次,就是有计划、有组织地动员一切劳动力。只要能干活的,都动员到地里,拔麦割麦,越快越好。特别是要做到互相帮助,后熟的地方帮助先熟的地方收割,离大道较远交通不便的地方,也帮助大道两旁鬼子易到的地方收割。只要大家同心合力,以工换工(没地的短工,应当挣一定的工资),都要把所有的麦子,收割回来;抗属的麦子,更是要紧,大家更要帮助他们收割,不能让敌人抢去一颗。

第三,收割下来,就要快打、快晒、快藏,很快地进行坚壁清野。藏麦子的时候也要有计划有组织,互相帮助,要注意干燥,不要坏了，埋藏要牢靠、要巧妙，不要给敌人容易找着。

最后，游击区和敌人据点附近，敌人一定要用尽阴谋毒计，欺骗群众，不是叫群众把麦子送到据点里，代替保藏，就是用伪钞收买，再不然就是威胁，或是利诱，反正一个目的，就是把麦子弄到敌人手里。所以我们也号召游击区的老乡们，更要注意防范，不要上鬼子的当。自己种的麦子一定要自己吃，中国人的麦子一定不供给日本兵，吃饱了再打中国人。我们一样要快打快藏，不叫鬼子抢去，不叫鬼子骗去。

麦收眼看就到，收割了麦子就是夏耕，种玉角、种豆子、除草翻地都要加油，一定要把地种好，争取麦收的全部胜利，争取夏耕的胜利。再说到一点，现在统一累进税还是中心工作，武装保卫麦收，不忘掉统一累进税，争取麦收的胜利，也正是为了统一累进税的彻底胜利！

(《晋察冀日报》1941 年 6 月 3 日，《晋察冀群众》副刊第 5 期)

阜平的春耕战斗

老成

三个多月以来，阜平的春耕工作有下列几个特点：虽然不十分新鲜，但是□□□□。

第一，他们真正做到了组织动员和组织领导，各□□联会一成立，就配合农救会进行关于人力、物力、土地的调查，来决定了一个切实具体的计划。特别是农救会、各级干部会、小组会、检查团、突击队都集中火力为这一计划的实现而斗争。从这里，我们平常所说的"组织动员"和"组织领导"是有它极丰富的内容，问题就在我们是否能够有计划地切实地顽强地实干。

第二，就是群众对春耕有高度的积极性。每个干部都起了模范推动作用。在三个多月的春耕中涌现出二十七个模范村，无数的劳动英雄，而且有许多是六七十岁的老头子。大多数的干部都实际地响应北岳区农救会关于"每个干部耕地一亩"（脱离生产的干部）的号召，严格克服了部分的村干部不参加生产的现象。

第三，是大批地组织劳动力，真正地发扬互助友爱精神。根据不完全统计：共组织代耕团二〇五个，参加人数八八六四名，代耕的亩数是四〇八六亩；组织互助团二六二个，参加人数六〇二〇名，互耕四六一七亩；组织耕牛队八九个，耕地一六一五亩。其中沙地村的耕牛队只有牛四头，在三个月中给抗属灾难民耕了一〇二亩地。

第四，各项工作的配合，解决了春耕中的一些困难。特别是这一时期的合作社工作，用了全力来办理借贷和农具制造，光镢、锄、铣的调节制造就有二四五四八件，交换的籽种有三八〇余石，借贷出的籽种有六五〇余石，救济灾难民的种子有九三一点六石，救济灾难民粮食（吃的）有七〇〇余石，还有糠和杂草等几万斤，钱五六二元；克服了部分逃荒的现象。展开了群众清洁卫生运动，保证了群众能够健康地生产，同时每一个角落里都很顺利地进行了统一累进税的工作。

阜平虽曾遭受过敌寇多次的破坏摧残，遭受过各种灾情的祸害，虽然它的土地非常贫乏不良，但今年阜平春耕的光辉成绩又摆在阜平人民面前了。他们统计：修滩三九三四亩，垦荒五二三二亩，造梯田七四二一亩；修渠一九一道（新旧），可灌地五二六九点七亩；凿井三眼，可灌地十八亩；植树六五一八六株（光农会员植的）……

夏耕马上又要开始了，我们希望着阜平的全体干部和群众，要贯彻发扬春耕时初步胜利的精神，争取一九四一年生产事业的彻底胜利！

五月二十七日

（《晋察冀日报》1941年6月3日，《晋察冀群众》副刊第5期）

学习毛焕德

小姚

毛焕德同志是徐水×区的抗先队长。个子不高，岁数也不大，干起事情挺有劲。他常常在夜间率领抗先队员到附近铁道上、汽路上破坏鬼子的交通，搞得鬼子日夜惊慌，没有办法维持铁路、汽路的安全，尤其是路旁的电杆和电线经常给毛队长拔走。于是守路的鬼子，在万分头痛、没有办法下，便把电杆上的电线改用大号铅线。电杆也改用大大的树杆子。鬼子认为从此以后，就可以安枕无忧了。

可是毛队长比鬼子更有办法，把以先割电线的刀子，叫铁匠改成弯弯的铁镰，刀口上多放一点钢，刀口打厚一些，使用起来又锋又上劲，二三十根电线一拉就断。

路旁的电杆，虽然大了，毛队长发明了月牙斧，七八斤重。抗先队员拿起斧头在电杆上砍三下，电杆就断了。

破铁路是毛队长挺欢喜的事情。但是铁轨上有螺丝钉，不把它拔掉，铁轨是不可能抬回来的。毛队长利用破铁路的钢钻子来揭螺丝钉，结果收获很大。

他有一次到马各庄一带活动，被敌人包围了。当时他身上还带有一支大枪，他急忙把它埋在地里后，鬼子来了，把他抓住。幸好有不少的老百姓在地里干活，他们给毛队长做了掩护者，鬼子瞧他穿衣服跟老百姓们一个样，就把他放走了。

年上涞灵战役，正当炮火猛烈射击下，毛队长亲自率领抗先队员冲到涞源城墙靠梯子，给八路军上城消灭敌人。他自己依然掌握全体队员在城外英勇配合作战，全体队员，在他不怕牺牲的勇敢影响下，没有一个开小差。那一回的战斗，获得非常大的胜利。于是，老百姓的八路军里，也谈起毛队长的光荣的名字了。

屯庄（在徐水）战斗时，他带领二十多个队员一气跑到战场上，去慰劳伤员、抬担架。□□□□送公粮十一石到兵站上，发动了□子五百一十个，梨子二十斤，慰劳正在战斗的八路军。

毛队长能够在任何环境下，掌握队伍，与敌人展开胜利的斗争。这全靠他平时善于团结干部和队员，关心干部、队员的学习和生活，他自己在干部队员中有了威信。比方，年上抗先指导员病得顶厉害，他亲自跟病人接屎接尿，煮饭烧茶给病人吃，整夜还照顾病人，白天还要完成自己的工作任务。

他做工作异常认真、耐心，碰到困难不灰心，反而把困难拿来作为开展工作的好材料去研究。因此，他发明割电线、电杆、破铁路的钩镰、月牙斧、钢钻子，一次又一次地不断袭击敌人。

同时他能够深入群众，接近群众去做工作。因此，他能获得老百姓的爱护与信仰。

在徐水×区广大群众和青年中，像说故事一样，传说着毛队长英勇战斗的故事。像毛队长这样英勇的模范的作风和创造天才，是边区广大抗先同志应当学习的。

（《晋察冀日报》1941 年 6 月 3 日，《晋察冀群众》副刊第 5 期）

日记一页

杨福

四月一日　晴

昨晚，开□□大会，开到了半夜，今天起得比平常迟。洗过脸，读《双十纲领》，太阳已经走到瓦檐上了。找村农会代表谈问题：××村××地主要把何二拴的耕地收回，理由很简单："没吃要卖"。我问××村农会干部怎么办，他说："不准他收回，会影响会员何二拴的生活。"

早饭后继续开会。唱《八路军进行曲》，会场空气很活跃。

二日　晴阴

大会继续开，一九四〇年的农会工作报告完了。晚饭后，再找村××农会干部谈何二拴的问题。是不是××地主一定要把二拴的耕地收回，有没有调解的办法。村农会主任说："××地主的态度很强硬，甚至说《双十纲领》也没有禁止他收回土地的条文。"

我给××农会主任指出，先调查地主为什么收回土地的原因，是不是对会员何二拴有意见，或是何二拴对农村统一战线工作做得不好。除了这些问题以外，××地主还要收回土地，我们可以向他说："《双十纲领》也没有叫地主收回土地，去影响佃农的生活。"

大伙到篮球场打球，同志们有的用手抱起篮球就跑到对方球架下去投，弄大家大笑。

趁会前有些工夫，读县农的指示文件。

三日　晴

早晨读了一些书，马上召集区一级干部开小组会，讨论今天的检讨会，怎样来把握会场，什么问题要在检讨会上，提出来注意讨论的。

今天大家发言，特别热烈，各村的农会代表，对改善农民生活，对会员抗战勤务支□问题，青农的婚姻问题也提了不少意见。

这些都是原则上的问题，关于佃农种地与地主收回土地的材料，准备把它整理出来送交县农会请示解决办法。

晚饭后，分组讨论今天会议上问题……

（《晋察冀日报》1941年6月3日，《晋察冀群众》副刊第5期）

八路军中的共产党

朱牧

共产党在八路军里是八路军的头脑和灵魂。

八路军，它所以是革命的大学校，它所以成为幸福的大家庭，它所以在各方面比其他军队完全不同，它所以能够在敌人的后方和敌人的包围中间坚持抗战，建立大片根据地，团结敌后广大同胞跟敌人做斗争，而且百战百胜，它只有壮大不会缩小，一切这些总的原因只有一个：因为八路军有中国共产党的坚强正确的领导，八路军是中国共产党的党军。

为什么共产党有这样大的本领，把八路军领导得这样前进呢？说起来虽然话长，而从总的方面看也不难解释。共产党，它是人类最先进的阶级——无产阶级的政党，它领导无产阶级与广大人民为生存的自由幸福而斗争，它是人类向着光明前进的唯一的旗手。同时，共产党人有最高尚最科学的马列主义作自己思想与行动的指南，并把这种伟大思想来教育一切愿意接受马列主义的群众。正因为这样，所以共产党有它卓绝的政治远见，有它最英明最正确的领导力量，所以它对于军队和武装斗争的领导，就有像上面所说的种种超越一切的伟大特点。因此也就使得参加八路军的人，都诚恳地愿意接受共产党的领导，其中占很大数目的最优秀的分子便加入共产党，成了最光荣的共产党的党员。

政治委员是共产党派在八路军各部队里的全权代表，他和政治机关，保证党对于八路军的英明领导能够实现。

在八路军里，不是每一个人都参加共产党的，参加共产党是靠着自己的政治觉悟自愿参加的。同时，要求入党的，他要有一定的条件。这个条件就是自己愿意为共产主义事业奋斗到底，愿意参加党的组织，交纳党费，执行党所给的任务。经过党的实际审查，认为这些同志可以入党时，于是准他入党。今天在八路军里这样的共产党员，他们处处表现了自己是民族最忠实不二的战士，是党与阶级的革命事业家。在与敌人作战中，他们冲锋陷阵，视死如归。在各种工作中，他们争先恐后，埋头苦干。在学习生活中，他们积极努力，要做最好的学生。在同志关系中，他们扶助别人而忘记自己，对部队同志一片关心胜过兄弟手足。当帮助居民如进行耕种、收割等事的时候，他们总是忘记疲劳唯恐不足。总之，他们一切要做模范，并用自己的模范来影响全体部队，团结全体部队。

部队里的还没有入党的同志，大家都亲密地、快乐地团结在党的周围，时时刻刻和党保持着最密切的接触。党员成为他们团结的核心。在遇到难题的时候，就希望着党来给明白指导前进的方向。大家在自己追求进步的中间，就总是希望着党来给自己不断地批评和鼓励。大家在自己为党的事业英勇艰苦奋斗的时候，就时时地希望着参加到党的组织里面去。党的领导者，党的支部书记和党员，更是时时刻刻地留心帮助这些同志，并根据这些同志政治条件的发展与提高，及时地介绍他们到党的组织里面来。

共产党在八路军里有最高的威信，大家把共产党员的称号看得无比尊贵，大家把党军的称号也看得无比尊贵。

（《晋察冀日报》1941年6月4日，《子弟兵》副刊第8期）

五月，经过北岳区

本报特派记者　陈肇

在红色的五月里，我用了短短五天的时间，南北地走过了北岳区。

滹沱河上的风光，是难于使人忘记的。在那里有无边的麦田，麦田边流淌着明净的渠水，麦穗上翻飞着黄色的小蝴蝶。滹沱河水，平静地流着，在五月的皎朗的阳光下，闪着银色的微波。河的南岸，仅隔着这样一条平静的河水，那里便有敌人，但是在北岸的广场上却若无其事地举行着一个五千多人的轰轰烈烈的运动大会。运动会刚结束，紧接着又是一个规模极大的座谈会，几乎包括了全边区的文艺工作者和文化人，集在那里讨论着"民族形式"及一些文艺创作上的大小问题。边区有名的几个大剧团也都赶去，连夜出演了《复活》《雷雨》和《巡按》等世界名剧。舞台上的灯光照澈云霄，几百人的齐唱震撼山岳，南岸的敌人，□着头子没敢做出一些儿声息。

五月的天气，在滹沱河岸上，已经像是盛夏了。南风吹着重重的麦浪，布谷鸟藏在密叶里急啼，高大的白杨应着阵阵的暖风，响动着骤雨般的哗笑。晌午是使人困倦的，劳累了的农民躺在清凉的树荫下，发着深沉的鼾声。

向北，越过一道小岭，滹沱河便看不见了，在这里奔流着的是磁河。这里也是一条广阔的大川，树木麦苗不减于滹沱河岸。磁河的水湍急些，一个伟大的水利工程，正在这里建造。白色的围墙，高耸的转轮，十里之外便可从林隙间看得清清楚楚。农民们正在引着河水浇灌，赭色的赤背矗立在绿色的麦田里。从东方响起了几声炮响（声音并不很远），我问一个坐在路旁吸烟的老乡，这炮声是从什么地方来的，他笑了,咴了咴□说:"走吧同志,没事儿!鬼子不敢到这里来!"

到陈庄是下午五六点钟的光景,太阳已经不灼人了。街上很热闹,店铺、门面、作坊、合作社、小摊……满街都是。敌人屡次来纵火,企图毁灭这个边区的商业重镇,但是他的阴谋是严重失败了,他烧毁的只是一些房屋,而人民所爱护的却是晋察冀边区。为了边区的工商业,在敌人刚刚被子弟兵赶走之后,人们不去收拾房子,先把货物摆出来,把作坊里的工具铺陈开,在烧焦了的墙壁上用白粉写起十几丈高的大标语:"振兴边区工业,发展边区贸易,永远保护晋察冀边区!"

城南庄也是北岳区一个有名的商业中心,敌人对它的摧毁更甚于陈庄,但是它的恢复却比陈庄更快。从温塘下来,一转过山口便看到一幢幢的新屋,横排在胭脂河岸上。为了防止敌人再来放火,很多人家都把屋里做上了避火的天花板,他们用廉价的苇秆、黄泥,比都市里用石灰和木板都做得漂亮。

许多村庄还在宣传着统一累进税,无数的男女干部们利用晌午这一星一点的农隙时间,走了一村又一村,汗水湿透了衣裳,热气蒸红了脸颊,他们不辞劳瘁。顽固分子和特务汉奸们,曾经到处鬼祟地挑唆农民们说:"看吧!这就要没收人们的财产了,凡是免征点以上的都没收!"老太婆们有的号啕大哭了,傻小子们也唉声叹气起来,不少的村庄曾被这些鬼□东西们弄得愁云惨雾的没法开展工作。然而几□个晌午,农民们终于明白了,老太婆们揩干了眼泪,絮絮叨叨地数骂:"死杂种们,死不净!生法想法地捉弄人!谁要再来嚼舌根子,我扯烂他的嘴!"干部们的汗是没有白流了啊!

第四天傍晚,我走到了唐河西岸。前年,这里遭受了六十年来未曾有过的大水灾,所有稻田都淤埋了半人深的白沙,老人们谁不绝望□□息呢?但是小伙子们却凭着两双强韧的臂膀和一颗坚定的信心,只一年多时间便把稻田恢复了。今天摆在我们面前的,又是一条条整齐的稻畦和纵横的水渠。稻田外面的沙滩，今年春天，又辟出了无数的空畦，一直逼到河槽近边去，等着夏天泛滥时挂淤，明年就又可以种稻了。唐河挟其六十年来的积威，破坏了我们代代相传的稻田，但是只一年，我们的小伙子便给了它一个严厉的回击。不但恢复了原有的水地，而且打到它身边去，用石坝制止了它的猖獗。蛮横的唐河，我看到它服服帖帖地驯服在广大农民的拳脚之下了。

夜里，我宿在唐河左岸的一个小村上。其实我还可以再走几里路，然而我愿意多在这里留些时候。

翌日清早，太阳伴着我走进了一条比较贫瘠的山沟。这里没有多少麦子和青苗，山坡上到处竖着新种的小树，临风摇动着黄嫩的新芽，每隔不远便有一块木牌，写着"某某村妇女植树""某某村青年林"。沙滩上，一群群青年妇女正在分头起沙，担黄土，抬羊粪，一点一滴地拓辟着土地。在她们的手脚下，我看到已有很大一片沙滩变成赭色的肥田了。岭西村，面临着一条长溪，那里的老百姓正一群群□集着砌石桥、劈山坡，修筑着一条十余里长的长渠……

边区的人民，到处在一锹一镐地建设着边区啊！

到达松山已经是夜里了，喘息未定，一个同志就跑来告诉我："从十六日起这里的子弟兵又连续打了几个胜仗，拿下了五个据点，歼灭了二百多个敌人……"我本来已经非常疲惫了，躺在坑上不愿意动转，这兴奋的一刺，又使我立刻坐了起来。

五月二十五日　松山

（《晋察冀日报》1941 年 6 月 7 日）

拥护模范的革命教师

李长工

六月六日是教师的节日，这个节日有很大的意义，不过咱们要纪念的应该是哪样儿的教师呢？哪样儿的教师才是模范的革命教师呢？

说起教师，我想大概可以分成下面的三种：

第一种，那就是封建社会的旧派教书老师，他宣传封建规矩、□□道□、教"子曰""诗云"，要人民听天由命，信迷信不要反对专制压迫；他对待学生的办法是"黄金条子出好人"，被他用各样刑法打出来的学生，也是为着一朝"功名"到手，能够"隔着桌子打屁股"，再去专门打老百姓，做那无恶不作的□官；要不，就是变成了"抬起屁股给人打"，打了还要赔笑脸的奴隶，像这样的教书老师，咱们不该拥护，应该反对！

第二种，是看样子倒是新派头的教书先生，可是他们教书的目的多半是好差事一时弄不到手，暂且来鬼混一碗饭吃，或是霸占着有油水的学校，好大捞一笔公款，有的更挂着一个教员招牌，偷偷摸摸替统治阶级做些特务工作。这样的先生会昧良心宣传反共倒退思想，对有钱有势的学生献媚，反过来对穷人家的子弟、对进步的青年学生更会拼命打击，记过开除，甚至给他戴上"反动"的帽子，以便向统治阶级去报功领赏。像这样的一些教书先生，咱们更要坚决反对！

第三种，这才是咱们要拥护的教师，这是模范的革命的教师，这种教师是这样的：

第一，他有正确的革命思想意识，主张团结进步，反对分裂、倒退。他教书是真正为参加新民主主义的文化建设，为抗战建国培养人

才。他对神圣的教育事业，认真负责，无限忠诚。

第二，他对学生和母亲对孩子一样的耐烦、关心，他有高尚的人格，事事都能做学生的模范，又顶会和学生打成一片。

第三，他教书的方法不是把死书不□往学生的肚里塞，首先是根据教学一致的原则，根据实际的情形和学生们了解的程度，保证教过的东西能使教授的学生完全消化彻底了解。

第四，他能安心工作，把教育当成自己的终身事业，无论在怎样困难的情形下，他都能坚持自己的工作，在敌占区他能展开反敌人奴化教育的斗争，在顽固分子统治的地方他能展开反对反共倒退的斗争。他更会积极创造一切国防教育新的方式，并积极□□社会教育。

第五，他能积极地加紧革命理论的学习，努力提高自己，他不光是教学的模范，也是虚心认真学习的模范。

这样革命的模范教师，今天在咱们边区已经不少。他们对边区新民主主义文化的建设，已经有了很大的功劳，眼下全边区的青年、儿童，都要□他们积极努力教育培养，他们的责任重大，事业光荣。咱们边区人民在这个教师的节日里，应该向他们致崇高的敬礼！应该照着政府和学联规定的一切办法，学生和家长都要很好地去向他们表示敬意，进行慰问。咱们一定要尊敬他们，爱护他们，提高边区教师的地位，才能把咱们边区的文化提得更高，把学生教得更好，把抗战建国的栋梁培养得更多。可是咱们也别忘记了注意向顽固教师开展斗争。另外全边区的教师们在这个纪念节里，更应该明白自己的责任，加紧改进自己的工作，争取每一个教师都要成为革命的模范教师！

(《晋察冀日报》1941年6月7日，《老百姓》副刊第64期)

反对敌人抓壮丁

胡修生

眼下,敌人在华北各地,在边区周围,尤其是游击区里,实行疯狂地抓捕青年壮丁,一大批一大批地运到保定、太原、天津、北京等地去受它的奴化训□的。敌人还夸口说,它要在华北抓捕五十万青年壮丁,在曲阳它就打算抓捕一□人。真的,这个阴谋是值得咱们大大注意的。

敌人抓捕的方法是很卑鄙同时又是很多的。首先就是突然包围村庄,或者包围集市,来抓捕青年壮丁;其次便是利用汉奸组织抓捕了青年送给它;再次是冒称我们的工作人员和八路军,来乘机抓青年;还有利用欺骗宣传、走亲吊孝等等来进行抓青年的。当然,它这种疯狂行为,一方面是为加强它的"伪军政策",用中国人打杀中国人的办法,来补救它自个儿兵力的不足和帮助它来压迫中国老百姓;另一方面,那便是把咱们青年运到欧洲,给它的强盗朋友德帝国主义当炮灰,做替死鬼。敌人这个狠毒的阴谋,咱们老百姓不光是要好好地看清楚,同时还要积极地动员起来,赶快想办法反对它。怎样反对它呢?

第一,要经常地提高警惕性,加强站岗放哨的工作。防止敌人猛一下包围咱们的村庄。过去,有些村庄也曾提出过要提高警惕性,但做不了好久。因为敌人没有来或者是旁的工作来了,就把它放下了。因此,也就有过一些村庄因疏忽岗哨,便吃了很大的亏。这都是值得咱们今天接受的经验教训。

第二,要广泛地开展群众的游击战争,经常不断地在黑夜里、在黄昏或者是快天亮的时候,发动模范队、青抗先去用麻雀战术去袭击敌人，破坏敌人的交通。同时，还要搞好情报工作，建立起情报网与联络网，使敌人一出来，咱们便能很快知道，加以防备，或者想办法主动地伏击它。这个工作在游击区更是重要。

第三，要粉碎敌人这个阴谋，最有力的办法那就只有大家踊跃地参加八路军，特别是热烈响应聂司令提出的新兵制，做个模范的志愿的义务兵，使八路军更加壮大起来。因为八路军更加壮大起来后，敌人那就更加会挨打更加没有办法了，咱们的边区便要更加巩固与扩大，人民的民主自由要更增多，生活便要更加改善。

以上，就是说咱们反对敌人的积极方面。如果万一不幸咱们被敌人抓捕了，那么咱们就要坚定打日本、解放中华民族的意识，发扬咱们边区人民光荣的□□、硬的气节，随它怎么样也不投降敌人当伪军，去替它死。另外，是大家要利用并制造一切机会组织被捕的和伪军跑回咱们自己的地方或军队里来。

总的一句话，边区是咱们的边区，咱们都是有血气的中国人，敌人抓壮丁咱们是要坚决反对；当伪军，咱们也是要坚决反对的！

（《晋察冀日报》1941年6月7日，《老百姓》副刊第64期）

伏 击

——游击小组的战斗小记

炳祥

又是太阳高起的时候了,为了慰劳出击敌人堡垒的弟兄们,我们建屏××村的两个自卫队员肩着两大口袋鞋子,决定要把它当日送到中心站去。不料刚一踏过汽车路,就被七八个鬼子和伪军喝住了,几支手枪远远对准他俩的胸口:"站住不动,干什么的?"他俩坦然地回答:"老百姓!"伪军走近来,摸着他们肩上的鞋子,大叫起来:"鞋!准是送八路的,绑起来!"另外一个从腰里掏出绳索,把两个自卫队员绑到附近王子村停下,又挨门搜得两辆装麦大车和两个女人,将自卫队员一齐缚在车厢里。

消息很快传到了××村游击小组,小组长正在领导收麦,他召集全组队员秘密抄着一条小路,转到汽车道旁边的大坡下埋伏起来。

鬼子走近坡头,突然一阵轰鸣,不到两分钟,枪弹和手榴弹打得汽车路上的土和烟汇成一股黑旋风。鬼子和伪军哭嚎乱叫,五六个大枪仍在脖子上挂着,没顾得摘下就僵倒了,或乱跑起来,一时枪声、手榴弹声、喊杀声、哀叫声混成一片。英勇的游击小组乘胜冲上去:"缴枪吧!中国人不打中国人!""欢迎伪军反正!"口号越喊越起劲了。

残余的鬼子和伪军,笨拙地逃窜着逃回左面的乌龟壳里去。

游击小组和两位自卫队员亲密地握着手。他们这次英勇的伏击,不但夺回了全部的鞋、人、麦车,更添加了黄色军衣和几盒点心。大家把盒子拆开,在车上用着这意外的中餐,车轮驶过××村时,村边里□无边的麦田上,割麦的农民们□喜的笑脸,早已聚拢车前来了。

(《晋察冀日报》1941 年 6 月 10 日)

我村有个小闺女

——介绍一位模范儿童

我村有个小闺女,名叫张凤仙,年十三岁,在春耕的时候,她自己赶上牛到地里耕地。很会下种籽,到晚上回家,赶上牛还要唱歌子。清早起来,到校里上课,晚上还要在家学习,到抗属家里去慰问,帮助抗属春耕。她现在获得的成绩是:

一、帮助抗属春耕:栽山药三次,担水九次,送粪五次,牵牛九次,每礼拜慰问抗属一次。

二、植树共七十多株,开荒共开下二亩。

三、关于卫生方面,每星期日扫街一次,又与抗属扫院一次。

小插箭村小学校儿童团

(《晋察冀日报》1941年6月18日)

青年知识分子在部队中

朱牧

抗战以来,八路军□□加了大批革命青年知识分子,使八路军变成了工农知识分子的队伍。这是八路军一个新的变化和发展。

这些青年知识分子,有从沦陷区城市和乡村来的,有从国内各省各偏远地方来的,有从南洋和美洲来的,也有从朝鲜和台湾来的;有大学生、中学生和小学生,有教授、医师和新闻记者,有文学家、科学家和艺术家,也有社会活动家和青年领袖。当着决定参加这个名震中外的革命队伍八路军,他们的血沸腾了,于是,丝毫不顾虑地断然将职业抛开、将家庭抛开、将学校抛开、将朋友抛开、将自己一切私人的顾虑抛开,立刻实行成千里成万里的奔波。顽固分子挡住他们的去路,他们不惜绕行断绝人烟的荒山旷野,火车没有钱不能坐,他们宁肯抱车梯、爬车顶、忍饥饿、饱风霜,但终于到了八路军地区,加入了革命战斗的铁流,于是,舒适的感觉达到了平生最大的期望。

四年来,工作在八路军里的这些革命青年知识分子(例如在边区子弟兵中是一样的),四年如一日,他们始终不倦地、勤奋地为革命理想而战斗着、工作着,有的担任着军事指挥员,有的担任着文化和艺术工作人员,有的担任着卫生和技术工作人员,大部分则担任着政治工作人员。他们在部队中,成为广大指战员学习的一切重要推动机,同时也是广大指战员与现代科学、艺术、文化结合的伟大桥梁,而尤其重要的,他们大部分已经参加了部队各级的领导工作,成为八路军的骨干的一个坚强部分。他们虽然因为个人政治条件发展不同,工作能力发展不同,以及参加革命的时间等等不同,而担负着许多不同的工作,但是他们愉快于自己担负的工作,并为本身的工作任务而用尽心力则是一致的。

八路军是无产阶级政党——中国共产党领导的军队，参加到八路军里的青年知识分子，不论自己是不是共产党员，他们总都是愿意接受共产党的政治领导，中国共产党对于青年知识分子的爱护与器重更是任何人所不及，对青年的教育尤其关心。八路军中的老干部时时刻刻地从思想意识锻炼上和斗争经验上，多方面地帮助和影响他们。这样就使得这些青年知识分子很快地进步起来。

八路军是人民大众的军队，它与人民大众共艰苦。参加到八路军里的青年知识分子，因为抱着为中华民族与中国人民的解放而奋斗的目的，所以不论自己过去生活如何，他们对八路军的艰苦生活，□是始终是"甘之如饴"。

八路军坚强的战斗力，最重要的是建筑在全体指战员政治上的高度团结友爱上。参加到八路军里的青年知识分子，不论自己过去是否是工农阶级出身，他们都很自觉地亲密地与广大工农出身的指战员打成一片，处处表现了对工农的高度热爱，而他们本身也正在光荣地走向工农群众化。

（《晋察冀日报》1941年6月19日，《子弟兵》副刊第10期）

号 和 枪

郑文沐

赵喜皖才十六岁,有天生的一副好嘴巴:会吹漂亮的号,会说使人欢喜的话。他除了会吹会说以外,再一个就是好玩枪了。

本来司号员是没枪的,使别人的枪又不大方便,于是他下定决心要弄一支三八大盖来。

一天,赵喜皖这个连开到前方去打仗,晚上队伍出发,去扒□□□的堡垒,高兴得赵喜皖像办喜事一样。

□□队摸向前边去了,赵喜皖握着两颗手榴弹,紧跟在□□队的后边。他恐怕跟在队伍的后头不牢靠,用了几下劲,越过几个人,跟在队伍中间。

前边两个人已经冲进堡垒,第三个冲进去的就是赵喜皖。当他刚要进门时,一个伪军端枪向外跑,他身子一闪让过刺刀,瞬时抓住伪军的枪,说道:"缴枪吧!我们后边人多哩!中国人不打中国人……"伪军一松手,枪就到了他的手上。

赵喜皖胜利了。他扛着三八式,陪着那位同胞一路谈笑着回来。

(《晋察冀日报》1941 年 6 月 19 日,《子弟兵》副刊第 10 期)

美丽的虹

高一

一天下午下过一阵大雨以后,太阳就要落山的时候,东方的天空里忽然出现了一道彩色的光,那道光的样儿是半个圆圈,两头接着两座大山,五颜六色的真美极了。大家都跑出去看,孩子们还在嚷着:"快来看虹啊!"是的,这东西就叫作虹,虹在天空的各种现象里是最美丽的!可惜它太不长久了,不大会儿就不见了。

虹实在太美啦,你要仔细分起来,它的颜色有红、橙、黄、绿、蓝、靛、紫七种,这七种颜色是怎么来的呢?天上为什么还又会出现虹呢?这倒是很有趣味的一个问题。

在这儿我们先要说明的是,太阳光看起来虽然是白的,其实它却含有上面说的那七种颜色。如果我们有一种棱镜(就是三棱形的玻璃),拿它去照太阳光,太阳光透过棱镜射到白色的墙上,马上就会现出和虹一样的七色的光来。我们常用的镜子,有一种用厚玻璃(又叫玻璃砖)做的,因为它边上有棱,用它去照太阳光,也能现出七色来。虹的彩色的光,原来就是从太阳光的七种颜色来的。

以前我们□是说过,云就是飘在天空的许多小水点吗?那么在下过雨以后,天空的云比较稀薄了,太阳的白光照过那些小水点,就被分成七色,这时候,地面上的人们就会看见天空现出那彩色的虹了,这道理和我们上边说过的用棱镜照太阳是一个样儿。因为虹是太阳光照射云的小水点而成的,所以它的方向一定要和太阳相反。太阳在西边,虹就在东边;太阳在东边,虹就在西边,永远没有错。要试验出虹的道理,这儿还有一个很好的方法,就是在太阳光很强烈的时候,你背着太阳站住(比如太阳在正南,你就脸向正北),嘴里含上一口水，用力喷出去，使水成为细小的水点，这时候你就会看见那些水点里现出一道虹来。还有出虹的时候，常常是上下两道，不过上面的那一道总是不大明显，我们叫它副虹，下面那道显明的就叫它主虹。副虹是主虹的光在天空又反射一次的结果，所以不大清楚，并且七种颜色的排列也正和主虹相反。

中国的古书上常说"虹能截雨"，就是说虹一出来□能把雨挡住，天就晴了。在我们老百姓里边，也有"东虹晴，西虹雨"的说法，甚至还有些迷信的人说什么"北虹出来动刀兵，南虹出来卖儿女"，那更可笑了。说"虹能截雨"或者说虹出来天才会晴都是不对的，因为虹出现的时候，总是在下过雨以后，云很稀薄的时候，也就是天快要晴的时候。所以不是虹出来天才会晴，相反的倒是天快要晴了才会有虹。

（《晋察冀日报》1941 年 6 月 21 日，《老百姓》副刊第 66 期）

晋察冀边区第二届艺术节宣传大纲

从第一届艺术节到第二届艺术节这一年间，边区艺术工作上所有的成功和缺憾，让事实自己告诉大家吧。

虽然，我们必须指出一些重要的事件：在这一年间，文、音、美、剧协会共同发刊了《晋察冀艺术》《文艺报》，共同发起了鲁迅研究会、鲁迅文艺奖金、艺术创作运动，共同召开了"民族形式"问题座谈会，共同讨论了部队文艺工作、文化供应工作诸问题，共同号召开展了儿童文艺运动、文艺批评，并共同号召反对国内顽固派、投降派所造成的反动事件——茂林事变，等等。此外：

文协：建立文艺小组、文艺创作会，加强文学顾问委员会的作用□晋及鲁迅工作。开展墙头小说等运动，出版青年儿童文艺丛书、晋察冀文艺书刊等。

音协：发动组织合唱队、音乐晚会、出版《晋察冀音乐》及歌曲等等。

美协：□□美术工作队、开展木刻运动、出版美术画报及连环木刻图等。

剧协：号召创造模范村剧团、组织村剧团视察队、成立剧作研究会、注意领导街头剧运动、出版大众戏剧及各种戏剧研究材料等。

这一年间，显□的边区艺术工作是比较进入正规化了，比较迅速、比较整齐地追随着边区新的现实情势□□它的新步伐；而边区艺术工作者也更加团结和密切，即使在艺术问题的争论上，一般的态度还是严正的；这一年间，乡村艺术运动也特别活跃着，个别的剧团对这方面的帮助也更直接、更努力；这一年间，向伟大作家和优秀作家的学习工作也比较注意，几个剧社出演了《母亲》《□事》《日出》《雷雨》《巡□》等；这一年间，联大文艺学院又培养了成群的新艺术战士。

但是，晋察冀在英勇地一日千里地向完整的新民主主义的政治生活、经济生活前进着，从这里生长着的新民主主义的艺术，还是萌芽，还是显得很微小、很不足。

当第二届艺术节，又正是我们一面要祝福自己的节日，祝福自己用忠实、热情、毅力、责任感所战取得胜利；一面要检阅所走过的道路，所流过的血液，为着向灿烂而远大的前程突进。

在这个节日面前：

□□要看见中国共产党□神圣精神，它正确的革命方向，它伟大的战斗路程，它对祖国和人民的无限忠诚和热爱。"七一"，这是它的诞生的二十周年纪念日，和纪念艺术节同时，我们应该用最亮最大的呼声歌颂它！

在这个节日面前：

我们要看见晋察冀军区——这铁的阵容巩固和扩大，它是无数的智勇、无数的血堆积起来的，它是人民的救星和人民自己的战阵，它也是我们的艺术节的根源、背景、保姆，我们很光荣地以它的创造日十一月七日作为这个节期，在这个节期检阅我们的艺术，实际上，就是它给予的艺术。它的领导者聂荣臻将军及其同志们有着像郭如鹤、像夏伯阳那些革命英雄的心胸、意志，他们时刻保卫着我们、保卫着真理的行进、保卫着艺术的繁荣。……它的诞生的四周年纪念日快到了。和纪念艺术节同时，我们应该用最高最大的呼声歌颂它！

不是简单地歌颂，而应该□得拿我们的刀、爱和生命献给他们。在我们的行动上献给他们，在我们的艺术上献给他们，在我们的艺术节里献给他们。

这□□我们必须用我们的艺术武器，随时随地地为边区的新的号召、新的建设而服务而斗争一样！

斗争更紧迫了，困难将来得更大了，胜利也将来得更大了。

我们已经坚持了四年的神圣民族自卫战争，在战争中证明了我们有最伟大的力量足以消灭进攻我们的敌人。……我们一定要打到底，我们一定要不断地粉碎任何敌人的新进攻，我们也一定要不断地粉碎任何妥协投降的危机。今年的"七七"就是中华民族伟大的抗战四周年纪念日。无疑地，在这个节日面前，我们要唱出民族的精神！在这个节日面前，我们号召并实行：

——加强团结，粉碎敌寇的任何新进攻！

——加强团结，粉碎任何对敌妥协投降的危机！

所有的艺术组织（各大剧团、各村剧团、各文艺社、各文艺小组等），所有的艺术工作者，全力地、多面地、深深地准备我们的战斗吧！艺术节不是我们生活上空洞的和美丽的装饰，艺术节是我们的力量的汇合，我们的责任的更高的觉醒。因而，我们诚恳地希望着，我们热烈地希望着：

每一个艺术组织，每一个艺术工作者，有责任有义务使每一个村庄都举行艺术节大会，将政治任务、斗争生活，具体和生动地通过这个节日表现出来，便这个节日充分流露艺术的意义和社会的意义——它们统一的意义。

每一个艺术组织，每一个艺术工作者，要真正检讨自己的艺术工作，自己的政治学习和艺术学习的程度，要回顾自己的创作的情势。

每一个艺术组织，每一个艺术工作者，要自动地主持或参加这时期的各种艺术座谈会、各种艺术研究会、各种艺术工作者联欢会。

让我们的艺术节活动在这个节日里高度地动起来吧！

让我们的艺术活动在这节日里疯狂地跃入一切斗争里去吧！

我们的口号：

全边区艺术工作者亲密地团结起来！

开展乡村和连队的艺术运动！

提高艺术工作者政治和艺术理论的学习！

为建立新民主主义的新艺术而奋斗！

用艺术的武器，顽强地打击亲日派、反共顽固派和托派汉奸无耻的走狗们！

中国共产党万岁！

中华民族解放万岁！

晋察冀边区万岁！

艺术节万岁！

（附申明）本文系在前晋南战局最紧张时期写成，现在时局各方面又有变化，□关于纪念抗战四周年一节的文字与文艺报刊出的不同。

晋察冀边区第二届艺术节筹委会

一九四一年五月

（《晋察冀日报》1941年6月25日，《晋察冀艺术》副刊第17期）

战斗中的支部

长白□

　　党军在前线上的一切胜利,都是党的政策的胜利,因为连队中党的支部总是把"保证战斗任务的胜利完成",当作工作中的最主要的项目,当然战斗胜利的保证是与平时工作的积累不能分开,但如果忽略了战斗中间的及时领导,就是平时积累如何丰富,也必不能充分发挥于战斗中。所以当战斗最残酷、最紧张、最激烈的时候,也正是支部工作最顽强、最生动、最精彩的时候。

　　战斗的胜利,是大家所最关心的,但党的支部更加关心。所以在每次战斗之前,支部都很□□地考虑到多方面,□□□□战斗任务的工作计划,并分配自己的党员把战斗胜利的意义、有利条件、胜利把握……在全体人员中进行解释,鼓动□□大家的战斗情绪、坚定胜利信心。如果要有新战士,支部更是关心地分配党员帮助他们;就是在武器弹药、给养供给、卫生医药、民兵动员以及侦察警戒等各方面,支部都□□□到,协助行政准备妥帖,并授予那些在武器弹药给养供给等部门中工作的同志以党的任务,来保证每一具体任务的完满完成。

　　在战斗活动中,支部主要是依靠自己党员实际模范作用来实现党的领导,比如在行军中党员就表现刻苦耐劳,不怕疲劳与困难的模范;在侦察警戒中,党员就表现出特别机警敏捷的模范;在火线上党员就表现坚决果敢英勇善战的模范;特别是在战斗情况异常紧迫,千钧一发的危急状况之下,往往在支部的顽强领导和党员的模范行动之下,挽转危局,取得战斗胜利。这种光荣例子是极多的。曾经记得,在一个很激烈的战斗里，敌我伤亡均极严重，我主力部队准备转移地区与敌作战，但总是听得较远的一个山头在打枪，指挥员忙派通讯员去看。原来十四个战士据守一个山头，没有干部了，在共产党员的鼓励领导与指挥之下，和顽敌数百人坚持战斗。通讯员问他们："为什么不退出战斗？"他们很响亮地答复："没有命令呀！"共产党员这种英勇负责，不怕牺牲，遵守战场纪律等各方面的模范作用和坚强的组织领导能力，就是支部保证战斗任务完成的重要因素。这种例子，在边区子弟兵中真是数不尽道不完的。八路军有一个最有名的口号："冲锋在前，退却在后，轻伤不下火线，重伤不叫喊。"在今天边区子弟兵中的共产党员已经真实地做到了。

战斗情况是千变万化的，而党的支部更善于依据不同的具体情况，正确观察，提出适当的口号，这些口号往往在党员首先执行之下，成为大家战斗活动的方向。一切节省弹药、不杀俘虏、服从命令、不怕牺牲……就在支部这样保证之下实现了。

八路军的所向无敌，特别是以坏武器战胜强大的敌人，战斗中的支部活动，却是重要的原因之一。

（《晋察冀日报》1941年6月26日，《子弟兵》副刊第11期）

青年日记断片

这是我们修养连几个看护员的日记断片，他们都是十六七岁的小同志，从这里可以看见他们的生活是多么充实和快乐。

今天起床很早，月亮还没落，月光笼罩这片安静的土地，我们为了给病员搭床铺，所以很快地就集合到××村借板子，一路上说说笑笑跑跑跳跳，三里地很快就到了。这时老百姓还没起来，我们说："这找谁去借呢？"有的说打门吧！有的说等着吧！文化教员说："让管理员去找村长，我们一齐唱歌子。"于是就唱起来了。歌声传到院落，唤醒了村里的人民，儿童们先开了门，我们就过去和他们谈话，到他们家里借板，结果借到了几十块。（张进才）

杨振□不注意保护公物，在俱乐部看了报，就往乒乓桌上一扔，我批评他，他很好地接受了。

我去慰问病员时，在街上走，见一个老乡正在看《中共中央对时局的十二项主张》，我同一班长就和他讲起来，他很高兴。因怕耽误了时间，讲了一半，我们要走，他说："谢谢你，明天你还要和我讲……"（孙国永）

起床后，我没出操，领着病员去散步，大家爬上村东的山头，空气很新鲜，大家就深呼吸起来。这时，野雀在空中和树上唱歌，我说："咱们也唱个歌和小鸟比赛吧！"大家都赞成，就唱起来了……（张进才）

天气阴沉沉的，晚饭后就下起小雨，可是明天没有柴烧，必须到××村去背柴。所以在风雨里大家就出发了，一路唱歌，过了山坡就到目的地，老百姓说，他们真能吃苦，这样天气来背柴！我想，这算什么苦呢？只觉得快乐，我们二十多人把一千多斤柴都背回来了。（振宽）

（《晋察冀日报》1941年6月26日，《子弟兵》副刊第11期）

描写不出的印象

曹永□

乔里福，一个粗黑的汉子，笨得很，但是一做起营生来，也特别显得有劲。昨天在麦地里，他带着吹牛皮的样子说："我让你们俩（指着田其小、赵国斗说）和我比赛！像这样子，我一天能拔它十来亩！"

赵国斗虽小，但从小就受苦，拔麦子是做惯了的营生；田其小是个煤厂工人，长的短小伶俐，人们都叫他"金刚钻"，做起营生来非常带劲。你想他俩这样子，哪能被乔里福吹住呢？所以他俩不约而同地说："你吹什么牛皮！俺俩谁比你也不弱，咱们试试看□！"□□着，田其小拉起新的架子："赵国斗！□咱俩同他比一比，看看谁沾！"

马上，他们□□的战斗开始了，三个人都弓着背，嗤嗤地一个声音拔过去了一遭，但是没有分出了胜败。不料那边副连长呐喊起来："哎！大家可加油啊……劳动英雄都让他们当了！"听见一声喊，大家忍不住了，于是一齐奋起直追，跟他三个□，不多一会儿，便把二十八亩麦子拔了个□精光。

（《晋察冀日报》1941年6月26日，《子弟兵》副刊第11期）

从齐各庄所看到的

本报特派记者　丁原

　　齐各庄（完县属）驻居在山地里，离平原有十几里地，周围是丘陵地、坡地和少数的水地。一条小河从村子的西、南、东三面绕过去。小河的两旁，每年都生长着很好的麦子，每年可以有三季的（麦熟了种玉角、玉角熟了种白菜）丰饶的收成，齐各庄成为完县的一个比较富庶的村子。

　　前几年，在名义上齐各庄是一百八十户人家，实际只有一百四十户。□说在某一个时代，被一位想当省议员的先生，给虚报了四十户，因为一个村子，要超过一百五十户才能选一名，这样在负担时，吃了很大的亏，比起其他富力相同的村子要多纳二十分（共一百二十分）。直到民国十六年清查户口以后，才确定是一百四十户，负担分数减为九十分。

　　在实行合理负担时，这个村子是比较集中了些。全村一百四十户，应负担公粮为三万一千二百五十斤，而负担的只七十七户，有的家（四十石以上的一家，三十石以上的一家）占了三分之一，九家（九十五人，纳一万九千七百一十二斤）就占了百分之六十五还要多，有将近三分之二的人口不负担。但是，根据统累税初步统计，负担面至少可达到百分之八十八，至多可达到百分之九十以上，不负担的只二十家（一百零八人），这原因就在于统累税比较合理负担是更进步、更公平合理的。

　　齐各庄的免税点定为一点五富力，这样，有些抗战后没负担过的人家也要负担了。但，倘若把免税点提高至一点八富力，则负担人口尚达不到百分之七十，原因是刚刚接近于负担面的人很多，而实际应纳的富力很少,譬如个人最低分有在小数点零零以下的。

齐各庄没有大的工商业,没有大地主,有七家是卖烧饼麻糖的,纺织都是供给自己用。抗战前有两家板店——放账的,早已关门了。按该村一般人的习惯,认为卅亩到六十亩地的要算富农了,这样的户有十八家;十亩地到三十亩地的中农有五十七家(其中二十亩地到三十亩者三家),其余的是贫农(三亩地到十亩地),很显然的这个村子是自耕农多,土地也比较分散。虽然有放账的(三十三家,七千八百六十九元),也有借债的(三十六家,五千八百七十九元五角)。但这都是抗战以前的事,是在二十二年农村大破产之后,迁延到现在还没有□理的。抗战以后,由于减租减息的执行,人们生活较前大为改善,一般贫苦人民的生活都得到了保障。

总起来说,这个村子是人多而地少,全村九百零八人,耕地只二十顷零六亩地,每人平均只二亩多一点。但是,这村里人们的勤俭,在完县说,都是很有名,一年四季,人们谨慎节省地过着□□的日子。闲散的人是很少的。倘若是农暇,清晨很早地起来就背上粪筐,除吃饭的时间外一天不离开身子。所以齐各庄的街道上永远是清洁的。差不多有三分之二的人家养着猪,一到夏天,每天把大捆大捆的青草放在猪圈里,上面覆盖上土,发酵而成为绿肥,这样,每亩地每年可得到至少二十驮子(一驮子二百斤)多至八十驮子的肥料,使最贫瘠最□薄的土地,每年至少有一石二斗以上的收成。就这样,人们在这少数的土地上勤劳地耕种着,用自己的血汗换得了足以自给的生活资料。

土地的产量最少的都赶超了标准亩的规定:一石二到一石五的占十分之二,二石的占十分之五,二石五的占十分之二。但最高产量还不止二石五,譬如水地一年可以收三季,一季大麦(二石五),一季玉角子(二石五)和一季白菜(一季所产白菜的价值,是要多于大麦或玉角子的），而这些土地（三十余亩）又都是富农的。虽然这些土地每亩需要很多的肥料（大麦需要粪四十驮、白菜八十驮、玉角子三十驮）和较多的人工，但除去了消耗，至少尚有三分之一以上的收成不负担，这样穷人是要吃亏的。

在调查工作中，土地、财产和各种收入都是群众自填自报的，除去一二家因放债太多，一时不能调查清楚外，其余的假报和匿报的现象，可以说没有。因为齐各庄的村干部具备着这样一种特点：了解统累税，个人□模范，在调查时精细和耐心，更重要的是明了和熟悉于村中的一切情形。一□户主的财产、各种经济形式的转移、变化，户与户间的经济关系，哪一块地几分几厘，收成多少，以至每家有多少人口、各人多大岁数、多少存放款，一家肉铺、一个小贩卖一口猪、卖一桶油有多少收入等，村干部都能了如指掌。一家放债在一万元以上，只报四千六百元，村干部曾不惜跑很远的路到欠债户所在的村里去查问。

齐各庄的负担面，所以能达到至少百分之八十八，至多到百分之九十以上，是由于客观存在的经济环境的诸条件和干部们的主观努力所换来的。

一九四一年六月十五日

（《晋察冀日报》1941年6月28日）